당신의 마음은 몇 살입니까

당신의 마음은 몇 살입니까

초 판 1쇄 2023년 06월 29일

지은이 이수경
펴낸이 류종렬

펴낸곳 미다스북스
본부장 임종익
편집장 이다경
책임진행 김가영, 신은서, 박유진, 윤가희, 정보미

등록 2001년 3월 21일 제2001-000040호
주소 서울시 마포구 양화로 133 서교타워 711호
전화 02) 322-7802~3
팩스 02) 6007-1845
블로그 http://blog.naver.com/midasbooks
전자주소 midasbooks@hanmail.net
페이스북 https://www.facebook.com/midasbooks425
인스타그램 https://www.instagram/midasbooks

© 이수경, 미다스북스 2023, *Printed in Korea.*

ISBN 979-11-6910-271-1 03810

값 16,800원

미다스북스는 다음세대에게 필요한 지혜와 교양을 생각합니다.

에릭슨의 발달단계로 읽는 삶의 지혜
Erik Homburger Erikson

당신의 마음은 몇 살입니까

이수경 지음

Erik Homburger Erikson

에릭슨 발달단계로 이해하는
인간의 삶

에릭 에릭슨(Erik Erikson). 인간의 발달과 심리학에 관해 관심 있는 사람이라면 에릭슨이라는 정신분석학자에 대해서 한 번쯤은 들어봤을 것이다. 인간의 심리·사회적 발달이 노년기까지 이루어진다는 에릭슨의 이론은 프로이트의 한계를 보충하면서 인간 발달 관련 분야의 바이블처럼 여겨지고 있다. 그러나 일반인들이 에릭슨의 발달이론에 대해서 쉽게 접하기는 어렵다. 자기 계발서나 심리 관련 에세이에 종종 등장하는 신뢰감, 자아 정체감이라는 말이 에릭슨에게서 나왔다는 것조차 알지 못할 수도 있다.

에릭슨은 신생아부터 임종을 앞둔 노년까지 인간의 전 생애를 심리 사회학적으로 다루었다. 이 책이 의미를 가지는 부분이다. 누구라도 벗어날 수 없으니 말이다. 성인기 이후 인간이 살아가야 할 시간은 평균 수명이 늘어나면서 연장되었다. 기껏해야 10년 남짓이던 노년의 삶은 이제는 기약조차 없이 길어졌고 피할 수 없는 공동의 운명이 되었다.

전 생애를 8단계로 나누고 노년기까지 인간의 발달과업을 제시한 그의 방대한 연구는 알면 알수록 놀랍다. 특히 그가 말년에 노년기를 확장하여 후기 노년기라는 단계까지 추가한 것은 너무도 고마운 일이다.

이 책은 일상의 이야기로 에릭슨의 발달단계를 설명하고, 독자 자신이 살아가는 현재가 어떤 과업을 위해 고군분투하는 과정인지를 알게 해줄 것이다. 일상을 살아가는 모든 사람은 자신이 속한 단계의 심리·사회적 과업을 달성하기 위해 사람들과 관계를 맺고 가족을 이루고 일을 한다. 누구라도 예외는 없다. 어른이 되면 모든 일이 쉬워질 것 같은데도 여전히 답이 없는 터널을 지나는 것처럼 느껴질 때가 많다. 누군가가 지금은 그럴 때라고 말해준다면 안심될 것 같은데 그런 말을 좀처럼 듣기가 어렵다.

에릭슨의 이론은 이런 순간에 우리에게 말을 건다. '지금은 그럴 때야!' 그래서 당신이 지금 힘든 거야.'라고.

에릭슨의 이론이 매력적인 또 다른 이유는 인간의 발달이 단계적으로 이루어지는 것만이 아니라 순환적으로 이루어진다는 것이다. 오늘의 내가 과거의 나를 완성할 수 있다는 지혜가 이 책의 곳곳에 녹아 있다.

불안과 우울, 망설임과 인간관계에서의 상처로 힘들어하는 사람이 있다면 이 책을 통해 삶의 단계를 돌아보면서 성숙을 향해 자신의 시간을 조금이라도 할애하기를 바란다.

유아기 혹은 청소년기에 충족되지 못했던 삶의 과업을 깨닫게 된다면 그 순간부터 다시 시작할 수 있다. 과거가 불행했다고 해도 상관없다. 삶의 여정은 마지막 날까지 채워 나가기에 충분하다는 것을 에릭슨의 지혜를 빌려서 따뜻하게 전하고 싶다.

이 책은 총 5장으로 구성되어 있다.

1장에서는 에릭슨의 8단계 중 유아기부터 학령기까지를 담았다. 인간이 태어나고 부모와 관계를 맺으면서 얻게 되는 기본적인 신뢰감과 자율성 그리고 또래 관계를 통해서 경험하는 주도성과 근면성을 다루었다. 2장은 자아 정체감이라는 발달과업을 가지는 청소년기의 이야기이며 3장은 청년기의 발달과업인 친밀감과 관련한 에피소드를 실었다. 4장은 생산성을 획득하기 위해 고군분투하는 성인기의 사람들이 겪는 일상의 일을 다루었다. 5장은 자아통합이라는 삶의 마지막 과업을 이루어가는 노년기의 삶을 그렸다.

각 장의 말미에는 각 단계에 대한 에릭슨의 발달과업을 정리하여 쉽게 설명하였고 관련 있는 검사지를 수록했다. 그리고 발달과업을 달성하기 위한 실천적인 방법을 '책 속 작은 상담소 – Sue's counseling tip'로 덧붙였다.

나 또한 그랬듯이 독자들이 이 책을 통해서 자신의 하루하루가 발달의 여정에 있다는 것을 알고, 안심하며 삶의 걸음들을 내디딜 수 있기를 바란다.

손님처럼 맞이한 에릭슨이 삶의 다양한 단계에서 말을 걸 것이다. 우리가 맞이할 노년의 그날까지 이 책이 독자들의 손에 오래도록 놓이기를 기도한다.

Erik Homburger Erikson

1장
세상이 믿을 만한 곳이라면 좋겠어
: 어린아이의 신뢰감

2장
아이도 어른도 아니니, 뒤죽박죽은 당연하다
: 사춘기의 자아 정체감

5장
감사로 삶을 완성해 가다
: 노년기의 완성과 초월

Erik Homburger Erikson

세상이 믿을 만한 곳이라면 좋겠어
: 어린아이의 신뢰감

Erik Homburger Erikson

×

The child must know that he is a miracle.

어린이는 그가 기적이라는 것을 알아야 한다.

세상이 시작된 이후로 그와 같은 다른 어린이는 없었을 뿐 아니라
세상이 끝날 때까지도 그와 같은 어린이는 없을 것이다.

Erik Erikson

〈인사이드 아웃〉이 명작인 이유

×

아이는 이 시간의 경험을 토대로 결국 세상이 믿을 만한 곳인지를 결정하고
신뢰감이라는 감정을 완성해 간다.

영화 〈인사이드 아웃〉은 보면 볼수록 명작이다. 감독은 사춘기가 막
시작된 어린 딸의 낯선 행동을 보면서 이런 궁금증이 생겼다고 한다. '도
대체 이 아이의 머릿속에는 어떤 일이 벌어지고 있는 거야?' 이런 의문은
심리학자 폴 에크먼의 자문으로 이어지고 이렇게 해서 탄생한 품격 있는
애니메이션이 바로 〈인사이드 아웃〉이다. 감정과 성격에 대한 깊이 있는
내용 때문에 애니메이션임에도 불구하고 어린아이보다는 오히려 청소년
이나 어른들에게 더 큰 감동을 주는 것도 특이하다.

사람의 머릿속 감정본부에서 일어나는 일을 의인화하여 표현한 이 영

화는 구체화하기 어려웠던 무의식이나 꿈, 기억이나 상상 속의 친구를 하나의 구체적인 영역으로 드러내면서 호평을 받았다. 또한 현실화한 뇌의 모습을 독창적이고 흥미롭게 표현했다. 잠이 들면 낮에 쌓아둔 기억이 장기기억으로 저장되거나 기억이 선별되어 핵심 기억이 되는 것 혹은 폐기 처리되는 설정 등은 상당히 과학적이다.

이 영화의 주인공은 11세 소녀 라일리이다. 그녀의 머릿속 감정본부에는 기쁨, 슬픔, 버럭, 까칠, 소심이라는 다섯 감정이 각자의 특성대로 일하고 있다. 제작사의 초기 스케치에는 26가지 감정이 있었다고 하니 시작부터 꽤 공들여 인간의 감정을 다루려고 했던 것 같다.

주인공인 '라일리'를 위해 그녀의 감정들은 매 순간 바쁘게 일하지만, 우연히 '기쁨'과 '슬픔'이 본부를 이탈하게 되고 '라일리'의 마음속에 큰 변화가 찾아온다. 우리가 알고 있는 사춘기의 시작이다. 엄청난 기억이 저장된 광대한 머릿속 세계에서 본부까지 가는 험난한 여정을 마치 모험처럼 짜임새 있게 구성하여 영화를 보는 내내 몰입할 수밖에 없다.

이 영화의 처음 장면이 인상적이었다. 생명의 탄생을 표현한 그 장면에서 주인공 라일리는 아무것도 없는 깜깜한 공간에 혼자 서 있다. 잠시 뒤 아름다운 한 줄기 빛이 어두운 공간을 춤추듯이 수놓고 그 빛을 쳐다보며 신비로움에 휩싸일 즈음 이내 부드러운 목소리가 들렸다.

"라일리, 아! 이런 복덩어리가 있나!"

갓 태어난 아이를 마주한 부모는 이렇게 탄성을 지르며 말을 건넸다. 그때 아이의 머릿속에서는 큰 종소리가 나고 태어나서 처음 들은 이 음성은 기쁨과 환희의 노란 구슬로 변한다. 그리고 그 구슬은 긴 통로를 거쳐 뇌의 깊은 곳에 저장이 되었다. 그리고 시간이 흐르면서 점점 많은 색깔의 감정 구슬이 생겨난다. 화남의 구슬, 슬픔의 구슬 등등.

하루하루를 보내며 특히 기억에 남는 일이 생기면 그것이 핵심 기억 구슬이 되고, 그 핵심 기억 구슬은 섬을 만들어 저장된다. 하키를 처음 시작하고 골을 넣은 하키 섬, 장난을 치며 생긴 엉뚱 섬, 다른 아이와 놀며 생긴 우정 섬, 책임을 알려준 책임 섬, 언제나 안정감과 행복감을 느끼게 해주는 가족 섬. 그런 섬들이 만들어지면서 성격을 형성한다. 라일리를 라일리답게 만들어주는 것이다.

'이런 복덩어리가 있나.'라는 목소리와 함께 연달아 들리던 그 종소리가 아직도 귀에 쟁쟁하다.

인간은 누구나 처음을 경험한다. 태어나는 순간을 기억하는 사람은 아무도 없지만, 다행인지 불행인지 그 처음의 경험은 우리의 깊숙한 곳에 저장되어 있다. 처음의 기억부터 1~2년간 아이는 이 세상이 과연 믿을 만한 곳인지를 오감을 통하여 경험한다. 그리고 그때마다 느꼈던 다양한 감정은 또한 깊숙이 저장된다.

에릭슨은 이 시기의 숙제를 신뢰감이라고 이름 붙였다. 숙제라는 이름이 조금은 가볍지만, 과업이라고 하기에는 너무 거창해서 숙제라고 이름을 붙이고 싶다. 생각해보면 삶의 끊임없는 숙제는 신뢰감에서부터 시작한다. 나를 보고 웃어주는, 형체도 희미한 이 낯선 사람이 나를 과연 잘 키워줄 수 있을까? 아이는 울음과 웃음을 통하여 끊임없이 탐색하고 시험한다. '어떤 경우에도 이 사람은 나를 안아줄까?' '이 음식을 먹어도 되나?' '불편한 느낌이 드는데 이건 뭐지?' 아이는 이 시간의 경험을 토대로 결국 세상이 믿을 만한 곳인지를 결정하고 신뢰감이라는 감정을 완성해간다.

모든 동물은 부서질 것같이 유약하게 태어나지만, 인간처럼 그 유약함이 오랫동안 지속되지는 않는다. 1년 동안 자기 스스로 걸음도 내딛지 못하는 상태로 살아가는 인간은 양육자의 절대적인 보호 아래서 겨우 생명을 보존한다. 따라서 부모가 어떤 태도로 아이를 대하느냐에 따라서 아이가 경험하는 감정의 질은 달라진다. 일관적인 태도, 부드러운 목소리, 미소 짓는 얼굴, 배고픔의 규칙적인 해결과 쾌적한 온도는 아이가 생존하고 세상에 대한 신뢰감을 쌓아가는 기본적인 요소이다.

이렇게 형성된 신뢰감은 이후 인간이 성장하는 모든 단계마다 영향을 미친다. 어떻게 보면 신뢰감은 나무의 뿌리에 해당한다고 할 수 있다. 뿌리가 튼튼해야 바람에 견딜 수 있듯이 심리적 발달이라는 순탄치 않은 과정에서 신뢰감은 우리가 다음 단계로 성장하도록 지탱하게 도와준다.

다시 〈인사이드 아웃〉으로 돌아와 보면, 라일리는 새로운 환경에 적응하느라 여러 가지 감정적인 혼란과 시행착오를 겪게 된다. 위기의 순간에서 라일리를 지탱해 준 건 그녀의 머릿속에 깊숙이 저장된 핵심 기억들이었다. 자신이 얼마나 사랑받으며 자랐는지에 대한 크고 작은 기억들은 세상에 대한 신뢰감이라고 말할 수 있다.

거리에서 마주치는 자그마한 아이들을 볼 때마다 기꺼이 웃어주는 이유는 이 아이가 자라가는 세상이 꽤 믿을 만한 곳이라는 믿음을 심어주기 위한 어른들의 응원이다.

노란색 봉고버스에 처음 오른 날

×

유년기의 성장은 모든 인간이 겪는 일인데도
'처음의 순간'은 늘 경이롭게 느껴진다.

운동하다 보면 유독 따라 하기 어려운 동작이 있다. 몇 년간 배웠던 요가도 그랬다. 다른 동작은 대충 흉내를 내겠는데 물구나무서기 비스름한 동작이 나오면 영 자신이 없다. 계속되는 실패 때문에 어떤 날은 '목뼈의 구조가 남들과 다른가'라는 푸념을 하기도 했다.

우등생들은 맨 앞줄에 앉아서 선생님과 비슷한 기량을 보였고 어려운 동작을 쉽게 따라 하면서 뒷줄을 이끌었다. 아파트 피트니스센터에서 운영하는 강좌다 보니 가격도 저렴하고 접근성이 좋아서 입주 때부터 계속 수강하는 사람이 많았다. 나는 가끔 결석했지만 다른 수강생들은 좀처럼 빠지는 일이 없었다.

봄이 한창이던 어느 날, 시작 시간이 다 되었는데 약속이나 한 듯이 수강생들이 오지 않았다. 이상한 일이었다. '왜 이렇게들 안 오지?' 의아해하며 시계를 쳐다보았다.

땡. 3시가 되었고, 강사의 익숙한 인사와 함께 음악이 흘렀다.

"자, 시작하겠습니다. 가부좌를 틀고 바르게 앉습니다. 나마스테."

결국은 나 혼자만의 수업이 시작되었다. 호흡부터 시작해서 순서에 따라 익숙한 여러 동작을 진행했다. 보기에는 평화로운 동작이지만 이마에는 땀이 삐질삐질 흘렀고 한숨이 푹푹 났다. 나의 부족함을 가려주던 앞줄의 우등생들이 없다 보니 게으름을 피울 수도 없어서 애를 쓰며 강사의 동작을 따라 했다.

"오늘은 다시 물구나무를 하겠습니다. 두 손 모아 바닥에 댑니다."

'올 게 오고야 말았다. 물구나무'. 따라 해야 하나 말아야 하나 짧은 시간 고민했고 선생님과 눈이 딱 마주쳤다. 자리에서 일어선 강사는 나에게 다가왔다.

"벽으로 가까이 가세요, 벽을 바라보고 앉으세요."

영문도 모른 채 매트를 들고 벽 가까이 앉았다.

"제가 잡아 드릴 테니 천천히 해보세요. 앞에 벽도 있으니 절대 안 넘어집니다."

다른 수강생이 없다 보니 내 수준에 맞춘 물구나무 수업이 되어 버렸다. 수없이 다리를 뻗어 올렸지만 물구나무는 좀처럼 서지 않았다. 강사의 손이 내 다리를 잡아 주기를 여러 번, 드디어 내 다리는 하늘을 향했다. 난생처음 드디어 물구나무에 성공한 것이다. 넘어지지 않게 버텨주는 벽 때문인지, 다리를 잡아 준 선생님의 손 때문인지 정확히 기억나지 않지만, 꽤 오랜 시간 나의 물구나무는 지속되었다. 내가 이걸 해내다니, 심장은 쿵쾅댔다. 나의 첫 물구나무였다.

아이들 키우다 보면 여러 가지 처음의 일을 경험하게 된다. 유년기의 성장은 모든 인간이 겪는 일인데도, 아이를 보며 발견하는 '처음의 순간'은 늘 경이롭게 느껴진다. "우리 아이가 이걸 해내다니!"라며 감격한다. 그리고 곰곰이 생각해보면 아이의 처음에도 항상 누군가가 있었다.

둘째 아이는 말이 좀 늦었다. 돌이 지나고 두 돌이 다 되어도 엄마, 아빠 외에는 별다른 단어를 말하지 않았다, 그래도 다른 사람이 말을 할 때는 눈을 맞추고 집중하며 들었고 '응', 혹은 고개를 젓는 식으로 의사소통을 했다. 다 알아듣는 게 신기했다. 두 돌이 지나고 나서 엘리베이터에서 또래 아이를 만났고, 어쩌다 보니 그다음 주부터 그 아이가 다니는 어린이집에 함께 다니기로 하였다.

일주일 동안 아이에게 어린이집에 대해 설명했고, 다음 주 월요일에 아침을 먹고 나면 친구와 함께 어린이집에 가는 거라고 말했다, 일주일 동안 위층 친구와 두세 번 만나 밥도 먹고 놀면서 어린이집 보내기 프로젝트를 실행했다. 어린이집 버스 앞에서 울며불며 엄마와 떨어지기 싫어하는 광경을 여러 번 목격한 터라 닥쳐올 아침이 걱정되었다.

드디어 일주일이 지나고 월요일이 왔다. 제대로 말도 못 하는 아이를 과연 보내야 하나라는 마음과 아이가 경험할 새로운 사회에 대한 긴장 때문에 일찍 눈이 떠졌다.

아침을 먹으며 다시 물었다.

"준아, 밥 먹고, 옷 입고 나면 오늘 저 가방을 메고 어린이집에 가는 거야. 알고 있어?"

"응."

고개를 끄덕였다.

"위층에 사는 친구 알지? 그 친구랑 같이 부릉부릉 차를 타고 가는 거야. 어린이집 가서 선생님과 밥도 먹고 그림도 그리고 한참 놀다가, 다시 엄마가 있는 집에서 만나자. 준이 괜찮겠어?"

아이는 고개를 끄덕이며 말했다.
"응."

과연 내 말을 이해하기는 한 걸까? 차 탈 때 안 간다고 울면 어떻게 해야 하나? 반신반의하며 아이 옷을 입히고 잠깐 방에 들어가서 나갈 준비를 하고 있는데 딩동 초인종이 울렸다. '이 아침에 올 사람이 없는데, 누구지?' 하며 방을 나서다가 깜짝 놀랐다. 아들은 벌써 가방을 손에 꼬옥 쥐고 현관 앞에 앉아 있는 게 아닌가. 문을 여니 윗집 친구와 그 아이의 엄마가 환하게 웃고 있었고, 서로를 발견한 아이들은 뭐가 좋은지 막 웃었다. 말이 느렸던 두 아이는 손을 잡고 엘리베이터 앞까지 달려갔고, 1층 앞 화단에서 장난을 치다가 잠시 뒤에 노란색 봉고버스에 함께 올라탔다. 차창밖에 서 있는 나를 보면서 잠시 표정이 굳어졌지만 이내 친구와 얼굴을 마주 보며 웃었고, 나는 손을 흔들며 버스를 보냈다. 사회를 향한 아들의 첫 등원이 무사히 끝난 것이다. 그날 오후, 노란색 봉고버스가 다시 1층에 도착했고 차 문이 열리자 아이가 보였다. 뿌듯한 표정을 지으며 달려오던 아이의 얼굴이 생생하다. 그 후부터 준이는 울거나 가기 싫다고 떼쓰는 일 없이 어린이집으로 향했다.

아이의 첫 등원을 도와준 윗집 친구와 그 엄마 덕분에 아이는 매일 아침 즐겁게 옷을 입고 밥을 먹고 스스로 가방을 챙겼다. 현관문이 열리면 친구와 함께 소리 내어 웃었고 함께 달려서 엘리베이터로 향했다.

인간의 심리·사회적 발달은 유아기의 신뢰감을 바탕으로 자율성이라는 단계로 올라간다. 에릭슨은 만 2~3세 전후를 자율성을 획득하는 시기라고 보았다. 우리로 치면 어린이집에 막 다니기 시작하는 아이들이다. 돌 무렵 몸을 자유롭게 통제하고 움직이는 것에서부터 자율성의 문턱에 진입한 유아들은 자기의 생각과 좋아하는 것을 표현하고자 하는 강한 욕구를 보여준다. 그래서 아침마다 무엇을 입을지로 엄마와 실랑이를 벌이기도 하고 어떤 장난감을 가지고 놀지 선택하는 등 독립적인 결정을 하려고 한다. 또한 이 또래 유아들의 자율성은 현관문을 넘어서서 동네로 확장된다. 놀이터에 가고 어린이집에 다니면서 신체적으로 더 유능해지고 주변 환경에 호기심을 갖게 되는데 마치 탐험가처럼 열심을 낸다. 스스로 옷을 입든, 스스로 밥을 먹든, 아주 간단한 일을 완수할 때 유아들의 얼굴에는 감출 수 없는 자부심과 성취감이 드러난다.

이런 표정을 우연이라도 보게 되었다면 기꺼이 박수를 쳐주자. 선택권을 제공하고, 그들의 노력을 칭찬하고, 그들이 나이에 맞는 책임을 질 수 있도록 격려함으로써 자율성을 더욱 강화된다.

이렇게 자율성을 발전시키는 과정에는 주변의 도움이 필요하다. 에릭슨의 심리·사회적 발달에는 부모뿐 아니라 주변의 이웃, 사회가 다 함께 영향을 끼친다고 할 수 있다.

아들의 등원이나 나의 첫 물구나무에는 주변의 도움과 지지가 큰 힘이 되었다. 아들은 자기 나이에 맞게 자율성이라는 발달과업을 차근차근 발전시켰고 나 또한 그러했을 것이다. 기억나지는 않지만, 나의 어린 시절 크고 작은 발달과업에 도움을 주셨던 분들께 이제라도 감사하고 싶다. 그분들 덕분에 의지력을 가지고 삶을 살아가는 지혜를 갖게 되었으니 말이다.

에릭슨은 우리에게 이렇게 말한다.

"상호 의존 없이는 인생은 아무 의미도 가지지 않는다. 우리는 서로 필요하며, 이를 빨리 깨닫는 것이 우리 모두에게 더 좋다."

공룡소아과와 트리케라톱스

×

나만의 트리케라톱스 인형이 다른 아이 손에 가는 걸 누가 가만히 보고만 있겠는가. 그러나 주도성 있는 아이들은 독립적이면서도 다른 사람과의 규칙에도 협력할 수 있다.

동네 시장 어귀에 소아과가 있었다. 건물 2층에 자리 잡은 소아과의 이름은 공룡소아과였다. 자주 출입하지는 않지만, 아이를 키우다 보면 1년에 적어도 한두 번은 이런저런 이유로 소아과를 가게 된다. 소아과에는 특유의 분위기가 있다. 기본적으로 매우 시끄럽다. 아이들 기침 소리, 주사실에서 우는 소리, 게다가 아이들 뛰어다니는 소리와 뛰지 말라고 말리는 엄마의 소리까지 합쳐져서 시끌시끌하다. 환자를 호명하는 직원의 목소리도 자연스럽게 커질 수밖에 없다. 아무 생각 없이 뛰어다니던 아이들도 자기 이름이 불리면 그때부터 울기 시작하는 진풍경이 소아과에서는 자주 벌어진다.

시끌벅적하고 겁나는 소아과지만, 아이들이 이 소아과를 좋아하는 이유는 바로 공룡 때문이다. 어려서부터 공룡을 좋아했다는 원장님의 취향은 아이들의 마음을 적중했다. 벽장에 가득 놓여 있는 공룡 책과 공룡 미니어처, 공룡 인형이 가득한 소파는 잠시라도 주사의 두려움을 잊게 했고 덕분에 아이를 달래는 엄마들도 한결 수월했다.

가끔 가는 소아과인데도 갈 때마다 우연히 만나는 사람이 있었다. 1년 365일 중에 절반은 병원에 다닌다고 하소연하는 쌍둥이 엄마였다. 아무리 쌍둥이를 키운다고 해도 1년에 절반을 병원에 다닌다는 게 믿어지지 않았다.

"소아과에 그렇게 자주 오신다는 거예요?"
"여기 소아과도 오고, 다른 병원도 가고, 어쨌든 병원 다니는 게 일이에요."

마침 아이 이름이 불렸고 진료실로 들어가느라 이야기를 길게 나눌 수 없었다. 그 뒷얘기가 이어지지는 못했지만 보통 힘든 게 아니겠다는 생각이 들었다.

쌍둥이 엄마를 우연히 다시 만난 건 지역의 기관에서 주최한 부모교육 프로그램에서였다. 비슷한 지역에 거주하면서 또래 아이를 키운다는 공통점 때문인지 교육생의 열의가 높았다. 6회기의 프로그램이라 좀 더 여유 있게 강의를 진행할 수 있었고, 참석자들과 자녀 양육에 대한 소소한 이야기를 나누며 시간 가는 줄 몰랐다.

쌍둥이 엄마에게 물었다.

"요즘에도 병원 자주 다니세요?"

"하하, 그때는 많이 다녔죠. 공룡 때문에 더 다니기도 했어요."

"그 시장 2층 소아과? 우리도 내내 거기 다녔어요. 지금도 가끔 가요."

민정 씨 옆에 앉은 정희 씨도 거들었다. 쌍둥이를 키우는 민정 씨에게 공룡소아과는 신세계였다. 그 당시만 해도 키즈카페와 같이 아이가 실내에서 놀 공간이 없던 터라 쌍둥이를 데리고 외출을 하는 게 여간 어려운 일이 아니었다. 게다가 한 명이 감기에 걸리면 다음 날 꼼짝없이 두 명이 같이 기침을 하는 통에 찬 바람이 불기 시작하는 가을부터는 거의 집에만 있었다.

쌍둥이 세 돌 무렵 시장 근처로 이사를 온 민정 씨는 아침부터 콧물을 훌쩍이는 아이를 데리고 며칠 전에 간판을 봐두었던 공룡소아과로 향했다. 쌍둥이 손을 잡고 헉헉거리며 계단을 오르면서 후회했다. '다른 병원으로 갈 걸 그랬나. 계단을 생각 못 했네.'

한숨을 쉬며 병원 문을 열었고 그때 민정 씨와 아이들 앞에는 신세계가 펼쳐졌다.

"우와!"

아이들이 민정 씨 손을 놓고 병원으로 달려 들어갔다. 40분을 대기한 뒤 진료 시간은 5분 남짓이었지만, 소아과에서 민정 씨 아이들은 반나절을 놀았다. 그리고 그날 이후로 공룡소아과는 쌍둥이의 키즈카페가 되었다.

어린이집에 다니기 시작하는 4~5세 시기의 아이들은 가족을 벗어나 새로운 사회를 경험하게 된다. 물론 옳고 그름에 관한 판단이 미숙하여서 남의 물건을 빼앗거나 자기가 하고 싶은 대로 행동하기도 한다. 그래서 부모나 주변 환경에서 규칙을 알려주고 일관성 있게 적용해야 한다.

에릭슨은 이 시기의 아이들이 주도성을 발달시킨다고 이야기했다. 주도성이란 부모와 분리된 하나의 주체로서 주도적이고 능동적인 행동을 하는 것을 말한다. 내가 좋아하는 것을 선택하고 다른 사람과 함께 살아가는 방법을 배운다. 주도성 있는 아이들은 독립적이면서도 다른 사람과의 규칙에도 협력할 수 있다. 물론 혼이 날 수도 있고 자기가 한 행동을 부끄럽게 여기면서 죄책감을 가질 수도 있지만, 자신의 실수를 반성하면서 어른으로 성장하게 된다.

주도성이 건강하게 발달한 사람은 목표를 가지고 살아갈 수 있으며 자기의 일에 스스로 책임진다.

공룡소아과에서 자기가 좋아하는 트리케라톱스나 알로사우루스 인형을 놓고 다툼과 울음이 난무하는 건 당연한 일이다. 나만의 트리케라톱스 인형이 다른 아이 손에 가는 걸 누가 가만히 보고만 있겠는가. 다행히 지혜로운 엄마들과 군기반장 간호사 덕분에 아이들은 서로서로 나누어 가면서 인형을 차지했다. 옆에 앉은 동생들이 슬금슬금 다가오면 귀찮아하며 책을 들고 달아나던 언니들도 얼마 지나지 않아 같이 앉아서 책을 읽는 법을 배워갔다. 엄마 몰래 들고 온 티라노사우루스 미니어처는 며칠 뒤에 소아과 대기실 책장 앞에 다시 자리를 잡았다. 처음 온 아이는 인형을 가지고 집에 가겠다고 떼를 쓰고 이를 달래는 엄마는 난처한 표정을 보면서, 단골인 엄마들은 미소를 지었다. 주도성을 배워가는 아이들의 공간에서 모두 함께 역할을 나누었다.

교육에 참석한 엄마들과 공룡소아과 이야기를 나누었다. 아이들이 좋아했던 공룡의 이름을 더듬더듬 읽어가며 추억을 얘기하다가 갑자기 한

교육생이 말을 했다.

"그런데, 병원 원장님 얼굴이 기억이 안 나네. 어떻게 생기셨더라?"

"나도 그렇네, 친절하시긴 했는데, 어머 왜 생각이 안 나지?"

나도 그랬다. 소파와 바닥에 가득 있던 인형들은 색깔이며 모양까지 기억이 선명한데 당최 원장님 얼굴은 생각이 나지 않았다.

"쌍둥이 엄마는 알겠네, 1년 내내 갔으니까."

"잠깐만 생각 좀 해볼게요. 뭔가 트리케라톱스 닮으셨던 것 같은데…."

민정 씨의 대답에 모두 한참을 웃고 나서 그날의 강의가 끝났다.

공룡 소아과와 트리케라톱스를 닮았던 원장님 덕분에 시장 근처에 살던 소중한 몇 년간 아이들은 콜록거리면서도 앞장서서 계단을 오르며 행복했다.

"오늘은 트리케라톱스 내가 먼저 한다."

"그러면 난 티라노사우루스."

삼박자에 담긴 건 커피만이 아니다

×

삼박자처럼 서로의 색과 맛이 분명했던 가족은 아이가 태어나고 경계가 모호해지는 순간을 경험한다.
너와 내가 따로 없는…. 심리학에서 말하는 고도의 밀착 관계이다.

보기에는 영락없는 플라스틱인데 플라스틱이 아니라고 했다. 어린 시절 엄마가 사 온 파스텔 색상의 이상한 그릇은 호기심을 불러일으켰다. 서울에서도 돈 있는 사람만 쓴다는 미제그릇 타파웨어는 스테인리스와 사기그릇 사이에서 존재감이 탁월했다. 비싼 가격에도 불구하고 유행처럼 번져 나갔고 중학교 때까지 나의 점심을 책임지던 곰돌이 스테인리스 도시락은 찬장 속으로 사라졌다. 공기가 안 들어오게 완전 밀폐가 되기 때문에 음식을 오랫동안 보관할 수 있고 그릇의 소재가 특별하다며 엄마는 미제 예찬을 하셨고, 타파웨어 그릇은 엄마의 보물 1호가 되었다.

여러 개의 그릇 중 눈길을 유독 사로잡았던 것은 커피를 담을 수 있는 '삼박자'였다. 3개로 이루어진 통이 한 세트였는데, 주름진 핑크색 뚜껑 속에 각각 커피와 설탕과 프림을 섞이지 않게 보관할 수 있는, 모양이 특이한 그릇이었다. 그 통의 명칭이 원래 삼박자였는지는 모르지만, 엄마와 나는 그 통을 삼박자라고 불렀다. 집에 손님이 오면 핑크색 손잡이를 손가락에 걸고 우아하게 탁자로 옮겼고 이 삼박자는 아주머니들의 열렬한 주목을 받았다. 여름에도 커피가 눅눅해지지 않는 게 신기하다며 하나씩 장만하자고 입을 모았다. 커피 마시면 머리 나빠진다는 엄마의 협박 때문에 커피는 어른만의 몫이었지만 눅눅해지지 않는다는 삼박자 속의 그 커피 맛이 궁금했다.

엄마의 삼박자는 세월이 흘러 나이가 들었고, 완벽한 비율로 섞여서 포장된 커피믹스의 등장에 밀려 이제는 삼박자의 용도가 바뀌었다. 커피와 설탕과 프림 세트 대신 따로따로 떨어져서 각종 가루를 담고 냉장고 안에 자리 잡았다.

삼박자처럼 서로의 색깔과 맛이 분명했던 가족은 아이가 태어나고 경계가 모호해지는 순간을 경험한다. 갓난아이의 생체리듬에 전적으로 맞추어 어른은 생활하게 되는데 아무리 잠이 쏟아져도 한밤중 아이의 울음소리에 깨서 서너 번씩 우유를 타고 기저귀를 갈아준다. 아기가 울면 이유를 몰라 전전긍긍하게 되지만 아이가 웃으면 갑자기 천국이 펼쳐진다. 너와 내가 따로 없는, 심리학에서 말하는 고도의 밀착 관계이다.

찰떡을 적당히 데우기란 쉽지 않다. 전자레인지에 넣고 잠시 딴생각을 하게 되면 두 개가 서로 붙어서 마치 하나의 떡처럼 엉키게 된다. 몇 개를 넣었는지도 분간이 안 되는 이런 상태가 밀착이다.

상대에 의해서 나의 삶이 완전히 변하고 영향을 받게 되는 과도한 밀착 관계는 커피믹스처럼 한 몸이 되어 새로운 정체성을 창조한다. 커피믹스가 완벽하게 조제된 맛을 내고 그 변함 없는 맛 때문에 많은 사람의 사랑을 받는 것처럼 밀착 관계도 초기에는 완벽함과 안정감을 준다. 엄마가 없으면 아이는 울고 낯선 사람이 나를 향해 예쁘다고 손을 내밀면 뿌리치며 엄마를 찾는 낯가림은 정상적인 밀착의 관계이다. 그러나 일반적으로 유아기 밀착 관계는 오래가지 않는다. 아이가 커가면서 밀착되었던 관계는 서서히 변화를 겪는데 보웬은 이런 변화의 과정을 자기분화라고 표현하였고 에릭슨은 이런 개념을 '주도성'이라고 말했다.

아이의 입에서 "내가 할 거야, 내 거야."라는 말이 들리기 시작한다면 이제 아이는 주도성이라는 숙제를 받은 셈이다. 절대적 타자와 나를 동일시 했던 단계를 지나 다른 사람 특히 부모와의 분화가 잘 이루어질수록 심리적으로 건강하게 되고 잘 성장할 수 있다. 내가 만난 몇몇 내담자는 이러한 자기분화의 과정에서 어려움을 겪고 있었다.

　지희 씨의 문제도 이렇게 유아기의 밀착과 낮은 자기분화에서 비롯되었다. 서른 초반인 지희 씨는 미혼이었고 안정된 직장과 좋은 성품을 가지고 있었다. 그러나 유독 엄마와의 관계가 그녀를 힘들게 했다. 엄마의 판단이나 평가가 자신의 삶을 절대적으로 좌지우지했고 엄마를 생각할 때마다 심장이 두근거린다고 했다.

　"엄마가 잘했다고 칭찬을 해주면 마음이 편하고 안심이 되었어요. 내가 올바른 방향으로 가고 있다는 확신이 들었죠. 엄마가 눈살을 찌푸리면 그 일은 다시 하려고 하지 않았고요. '이건 안 되는 일이야.'라고 생각했어요."

　유난히 예쁘고 똑똑하던 어린 시절의 지희 씨는 엄마에게 있어서 자랑이자 보람이었다. 자식이 꽃길만을 걷기 원하는 마음이 부모의 욕심인지 소망인지 판단하기 쉽지는 않지만, 그 애매한 경계에서 지희 씨의 어머니는 최선을 다해 지희 씨를 이끌었다. 가장 좋은 선택, 후회하지 않는 결정은 늘 엄마와 함께였고 둘은 최고의 팀이라고 생각했다.

　그러나 어느 순간부터 엄마와 지희 씨의 경계는 없어졌다. 밀착의 시간이 지나치게 길어진 게 그 이유인 걸 알지 못했다. 여전히 안전하고 좋은 관계라고 자부했던 엄마와의 시간이 조금씩 불안감을 안겨주었고 상담실을 찾았을 무렵은 종종 마치 몸이 마비된 것 같은 느낌이 들었을 때였다.

지희 씨와의 상담은 꽤 진척이 있었다. 엄마와 자기 자신을 분리하기 시작했고 엄마와 다른 생각, 다른 결정을 내리는 것을 연습했다. 의논하지 않고 엄마에게 통보하는 일도 있었고, 명절 때 2박 3일 혼자 여행을 떠나기도 했다. 엄마를 머리에 떠올리지 않고 바쁘게 지나는 날이 많아졌다.

아이의 주도성은 양육자에 의해서 지지가 되고 격려받는다. 사실 대여섯 살 아이가 내리는 결정이나 일의 성과가 대단할 리는 없지만 감탄해주는 이유는 아이들의 새로운 도전을 응원하기 때문이다. 심지어 엄마가 하지 말라는 행동을 억지로 우겨서 했을 때조차도 양육자의 반응은 '그래도 좋은 시도였어. 너가 괜찮다면….'이어야 한다.

"내가 이럴 줄 알았어. 엄마 말 안 듣더니 봐라, 이게 뭐니?"

라는 말은 아이의 심리적 성장을 위축시키면서 죄책감을 갖게 한다. 뜻대로 되지 않아서 가뜩이나 속상한데 마음 깊은 곳에서 죄책감까지 느끼게 되는 것이다.

에릭슨이 이야기한 주도성은 부모에 대한 도전이고 자기 스스로에 대한 반란이라고 볼 수 있다. 엄마의 걱정을 뒤로하고 미끄럼틀에 혼자 올라간 아이는 떨림을 느낀다. 하지만 그 떨림 안에는 미지의 세상에 대한 두려움과 자신의 능력에 대한 불안감뿐 아니라 실패를 감내하려는 용기가 공존한다. 엄마의 손을 잡지 않고 혼자서 내려오고 싶어 하는 진짜 이유가 주도성의 숙제 때문이라는 것을.

나의 싱크대 안에도 여전히 삼박자가 있다. 드립커피의 맛을 알아버린 이후로 커피와 프림은 사라지고 각각의 그릇은 고춧가루, 깨 그리고 소금이 차지했다. 순수하게 다른 이 세 가지의 가루는 여전히 한 세트로 묶여있지만 쓰임과 맛이 다르고, 섞여 있기를 거부한다.

각자의 경계를 여전히 지키는 가족들은 서로의 주도성을 인정하고 응원한다. 서투른 아이의 도전에 웃음으로 박수 쳐주는 부모들에게 '참 잘했어요' 도장을 찍어주고 싶다.

케이크와 독서

×

의존과 독립 사이에서 주저하다가, 결국은 자기가 생각한 대로 행동하면서
뿌듯해하는 아이들의 모습은 바로 독립을 향한 첫 발자국이다.

"오늘 케독 모임이 있어."

"케독?"

'그게 뭘까?' 잠시 생각했다. 신조어인가? 젊은 애들 쓰는 말이라 알아
듣기 어려웠다.

"케독이 뭐야?"

"케이크와 독서, 내가 만든 모임이야. 케이크를 먹으면서 하는 독서 모
임."

가방을 둘러매고 나가면서 딸이 말했다.

'케이크와 독서라! 이름 한 번 좋다.'

저녁때쯤 들어온 아이에게 물었다.

"이름은 어떻게 해서 지은 거야?"

"케독? 시내에 케이크 맛집이 많거든, 맛있는 케이크 먹으면서 책 같이 읽으면 좋겠더라구. 인스타에 공지 올리니 같이하고 싶다는 친구들이 있더라. 그래서 4명이 같이하는 거야."

매번 돌아가면서 책을 정하고 진행하는데 오늘은 딸아이가 당번이었다. 현대미술사에 관한 책이라서 PPT로 정리해서 진행했다며 내용을 보여주는데 꽤 알찼다. 같은 과에서 공부하지만 잘 모르던 친구들도 있었는데 케독하면서 더 알아가게 되어 좋다고 했다. 바쁜 시간을 쪼개어 다양하게 삶을 채워가는 모습을 보니 흐뭇하고 부러웠다.

'케이크와 독서' 클럽에 자극을 받아서 나도 내내 생각하던 독서 모임을 결성했다. 이름하여 '커피와 루이스', 아는 친구와 그 친구의 지인들로 이루어진 독서 모임이다. C. S. 루이스의 영성과 지성에 크게 감동을 받았던 터라 독서 모임의 이름을 '커피와 루이스'로 지었다. 커피를 마시면서 루이스가 쓴 책들을 찬찬히 읽으며 각자의 생각을 나누고 싶어서이다. 가끔 다른 작가의 책을 넣기도 하지만 여전히 루이스의 책이 모임의 주를 이룬다. 한 번, 두 번 모임이 지속되면서 함께 읽는 기쁨은 커졌고 '케독'에 영감을 받아 시작한 용기를 스스로 칭찬했다.

삶에 있어서 주도성은 여러 과정에서 드러나고 삶에 영향을 준다. 에릭슨에 의하면 주도성은 학령기 이전에 발달이 시작된다고 하였다. 이때의 아이들은 본격적인 학교생활을 시작하기 전이므로 주로 부모나 주변의 가까운 사람들과 교류하며 이해와 지지를 받는다. 자기의 몸을 스스로 움직이면서 자율성의 기초를 만든 아이들은 조금 더 복잡한 일을 해내고 싶어 한다. 어른들이 보기에는 쓸데없는 일이라고 보이는 사건들이 아이들에게는 주도성을 실천한 결과이다.

싱크대 안에 자잘한 장난감을 쌓아놓거나, 옷을 엉뚱하게 입기도 하고 이상한 말을 만들어내기도 한다. 그러나 나름대로 목적이 있는 행동이므로 자율성에서 조금 더 발전된 개념이라고 볼 수 있다.

아이들은 활동이나 호기심, 탐색을 통해서 세상을 향해 나아간다. 그리고 좀 더 자유롭고 공격적으로 움직이기 때문에 활동반경이 확대된다.

유아기 때는 몇 발자국 움직이고도 고개를 돌려 엄마를 찾지만, 이 무렵의 아이들은 무조건 직진이다. 놀이동산에 가면 눈길을 끄는 것이 얼마나 많은가. 신기한 소리가 나는 곳이 사방에 널려 있고 키가 큰 피에로 아저씨가 풍선을 나눠 주기도 한다. 아이들은 풍선을 받아야겠다는 목표가 생기면 신기한 소리가 나는 곳으로 무작정 따라간다. 어느덧 정신을 차리고 보면 낯선 곳이고 그래서 길을 잃어버리기 쉽다. 분명 잠깐의 순간인데도 아이가 눈에 보이지 않아 가슴 철렁했던 순간이 한두 번이 아니다.

장난감이 귀하던 어린 시절, 남동생이 네다섯 살 즈음이었다. 여느 날과 다름없이 동네 친구들과 골목에서 놀고 있는데 엄마의 다급한 목소리가 들렸다. 남동생이 안 보인다는 것이다. 우리의 활동반경이 뻔하던 시절이었기 때문에 여기저기 둘러보았는데도 정말로 남동생을 보이지 않았다. 심장이 두근댔고 그렇게 정신없이 동생을 찾아다녔다. 그리고 두어 시간 후에 마치 영화의 한 장면처럼 남동생과 엄마는 전철역 육교 위에서 재회했다. 엄마는 동생을 발견하고는 폭풍 오열을 하면서 부둥켜안았다. 남동생을 안고 어디 갔었냐며 우시는 엄마의 모습과는 대조적으로 손에 로봇 장난감을 들고 뿌듯한 표정을 지었던 남동생의 얼굴이 또렷하게 기억이 난다.

사건의 전말은 이러했다. 로봇 장난감을 사달라고 아침 내내 조르던 남동생은 안된다는 엄마의 말을 듣고는 장난감을 사러 가출을 감행했다. 시장은 역 반대편에 있기에 어른 걸음으로도 30분은 가야 했다. 정확한 장난감 가게의 위치도 몰랐을 것이다. 중간에 전철역도 지나야 하고 육교도 건너야 하는 복잡한 길을 네다섯 살짜리가 겁도 없이 나선 것이다. 다행히 시장을 보고 돌아오는 동네 이웃이 동생을 발견했고 장난감을 사러 왔다는 동생의 말에 그분이 얼마나 기가 막혔을지 상상이 된다. 그리고 남동생은 아줌마가 사준 장난감을 들고 당당하게 육교를 건너는 중에 엄마랑 재회한 것이다.

남동생의 주도성은 가출 사건으로 발현되었고, 엄마의 눈물과 이웃의 배려 덕분에 안전한 한계를 정하고 조절하며 그날 이후에도 조화롭게 발달될 수 있었다. 로봇 가출 사건은 해피엔딩으로 마무리되었지만, 몇 시간 동안 정신없이 당황했던 엄마의 심정과 함께 동생이 이웃 아줌마를 못 만났으면 어떻게 되었을까 상상해보면 지금도 아찔하다.

아이들은 개인적인 욕구를 충족시키기 위해 부모에 대한 의존에서 벗어나 보다 복잡한 행동을 주도적으로 나타내려 한다. 이때 주변으로부터 격려와 지지를 받으면 주도성이 발달하게 된다. 의존과 독립 사이에서 주저하다가 결국은 자기가 생각한 대로 행동하면서 뿌듯해하는 아이들의 모습은 바로 독립을 향한 첫 발자국이다.

　독립적으로 삶을 살아가는 건 멋진 일이고 주도성은 우리가 독립적으로 결정하고 행동하게 도와주는 힘이다. 의학의 발달로 훨씬 더 오랜 시간을 살아내야 하는 요즈음, 키오스크와 인공지능에 적응하며 여전히 어른이 된 우리도 주도성을 실험한다.

　"이거 어떻게 하는 거예요? 제가 처음이어서요."

　용기 내서 물어봐야 다음번에 혼자 해낼 수 있다. 타인이 나를 도와줄 것이라는 신뢰감이 있고 내 손가락이 움직여진다면 이번에는 주도성을 꺼내어 써 보자. 주변의 지지와 격려로 오늘도 인생은 풍요롭게 채워져 간다.

저요 저요 저요

×

손을 든다는 것에는 여러 가지 의미가 있다. 자기를 표현하고 싶은 욕구,
선생님이 나를 바라봐 줄 것이라는 믿음, 내가 생각한 내용이 답일 거라는 확신,
그리고 삶에서 꼭 필요한 용기도 손을 들 때 필요하다.

한창 인터넷 게임이 사회문제가 되면서 매체에서 그 부작용을 앞다투
어 보도한 적이 있었다. 각종 대책이 쏟아졌고 정보사회진흥원에서는 스
마트미디어 중독을 예방하는 대대적인 프로그램도 만들었다. 그리고 교
육받은 강사들이 전국에 있는 초중고에서 인터넷 게임을 적절하게 사용
하도록 수업을 진행했다. 유치원에서까지 강의 의뢰가 있었으니 문제가
보통 심각한 게 아니었다. 교육임에도 불구하고 유치원 아이들과의 만남
은 너무 특별했다.

순수하고 또롱또롱한 눈동자가 얼굴과 손끝을 번갈아 쳐다보며 집중하는 게 신기했고 특히나 질문하는 시간이 제일 즐거웠다. 서로 답하겠다고 손을 드는 모양이 중고등학교 수업 때와는 영 딴판이다. 서로 답하겠다고 자기들끼리 투닥거리기도 하고 같이 이구동성으로 답하기도 한다. 마치 둥지 안에 있는 새가 입을 벌리는 것처럼 이쁘다.

질문하고 답하는 광경을 생각하면 떠오르는 내담자가 있다. 쉰이 넘은 민호 씨는 자신의 학창 시절을 이렇게 설명했다.

"초등학교에 처음 들어갔을 때는 수업 시간에 손을 드는 게 전혀 어색하지 않았어요."

한 반에 70~80여 명이 있던 시절이니까 선생님이 질문하면 서로 답하려고 절반 정도의 아이들이 우르르 손을 들었다고 했다. 초등학교 1학년 때의 질문이니 별스럽게 어려운 문제는 아니었고 수업 시간마다 거의 빠지지 않고 손을 들었다. 그런데 아무리 손을 들어도 민호 씨의 차례는 돌아오지 않았다. 그렇게 열심히 손들 들던 어느 날 꼭 답하고 싶던 문제가 다른 아이 차지가 되었고 민호 씨는 이렇게 생각을 했다.

'뭐야, 매일 손드는데, 왜 난 안 시키지? 선생님은 내가 손을 든 것을 보지 못했을까? 왜 다른 아이만 시키고 난 시키지 않을까? 내가 못나서 그런 걸까? 아니면 선생님이 눈이 나빠서 그런 걸까? 선생님은 좋아하는 아이만 시킬까? 선생님은 나를 싫어하는 것은 아닐까? 앞으로 계속 손을 들어도 선생님은 나를 시키지 않을 거야. 이런 사실을 엄마에게 이야기 해볼까? 나도 발표하고 싶은데 선생님은 왜 몰라줄까? 선생님이 날 시키게 하려면 어떻게 해야 할까? 두 손을 들어볼까? 목소리를 더 크게 해볼까? 나도 발표하고 싶은데 선생님은 왜 나의 이런 마음을 몰라줄까?'

꼬리에 꼬리를 물고 여러 가지 생각이 들었지만, 어느 것도 명확하지 않았다. 그래서 8살 민호는 결론을 내렸다. '이제부터 손 안 들 거야.'

어린 나이였지만 그날의 느낌과 다짐이 또렷하게 생각이 난다고 했다. 그리고 초등학교 내내 민호 씨는 손을 들지 않았다.

손을 든 아이 중에서 누구를 택하는지는 선생님의 고유권한이지만 한 명의 아이 외에는 이야기할 기회가 주어지지 않았다는 게 지금 생각해보면 너무 가혹하다.

어린 시절에는 어디를 가나 사람이 많았다. 마치 빡빡하게 가득 찬 콩나물시루같이 학교에 가도 바글바글했고 버스를 타도 항상 만원이었다. 이렇게 많은 사람 사이에서 나의 존재감을 드러내고 싶은 욕구는 특별한 사람만이 갖는 건 아니다.

사회에 속하여 다음의 단계로 성장해야 할 아이들은 학교에서의 교육을 통하여 사회의 원리를 학습하게 된다.

　에릭슨은 이 시기의 아이들이 근면성이라는 심리적 과업을 달성해 간다고 이야기했다. 근면성이란 도구의 세계를 지배하는 법칙과 계획되고 예정된 절차를 따르는 협력의 규칙 모두에 적용되는 개념이다. 십여 년이 넘는 시간 동안 아이들은 놀이뿐만 아니라 학교에서 제공되는 배움을 즐기는 법을 익혀간다. 배움을 즐긴다는 건 전 생애에 걸친 특별한 선물과도 같다. 나이 들어서도 배움의 즐거움을 느낀다면 느려져 가는 시간 속에서도 충분히 기쁠 수 있으니 말이다.

　이렇듯 놀이하고 공부하는 아이의 상상력 속에는 역할수행에 대한 일정한 그림이 자리 잡게 되고 이러한 역할은 아이를 가르치는 어른들을 통해, 그리고 역사나 소설의 주인공을 통해 현실과 상상의 세계에서 모습을 드러낸다.

　손을 든다는 것에는 여러 가지 의미가 있다. 자기를 표현하고 싶은 욕구, 선생님이 나를 바라봐 줄 것이라는 믿음, 내가 생각한 내용이 답일 거라는 확신, 팔을 움직여 머리 위로 뻗으면서 경험하는 활동성 그리고 적막을 깨며 '저요'라고 말할 때 느끼는 해방감이 이 행위에는 들어 있다. 그리고 삶에서 꼭 필요한 용기도 손을 들 때 필요하다.

유치원이나 초등학교 저학년 교실에서 느낄 수 있는 이러한 생동감과 자유로움이 학년이 올라갈수록 점차 사라지는 이유가 궁금했다. 민호 씨와의 이야기를 통해 이 그 이유에 대한 답을 찾게 되었다.

단순히 질문이 어려워서가 아니다. 학교에서의 수많은 수업 시간과 경험을 통해서 많은 아이가 민호 씨처럼 결심했던 건 아닐까.

'이제 손들지 말아야지, 손 들어도 안 되는데 뭐.'

한 명에게만 말할 기회가 주어지는 건 너무하다. 어른들은 한 아이를 지목하기 전에 더 신중해야 한다, 손을 든 모든 아이를 향해 눈을 바라보며 먼저 그 용기를 칭찬해 주어야 한다. 기회가 골고루 주어질 수 있도록 여러 명의 답을 들어야 하고 모처럼 손을 든 아이가 있다면 잊지 말고 눈길을 주어야 한다. 사실 교실에서 배워야 하는 것은 공식이 아닌 삶을 대하는 기본적인 자세일 테니까 말이다,

학교라는 공간을 통해서 근면성의 기초를 세우고 만들어 가는 아이들이 사실은 매일매일 근면성과 열등감 사이의 갈림길에 서 있다는 것을 안다면 어른들은 좀 더 신중해질 것이다. 결국 아이들이 손을 드는 행위는 반복되는 규칙을 익히며 세상을 향해 부지런히 마음의 문을 여는 연습이라 할 수 있다. 어른들은 그러한 아이의 노력에 대해 적절하게 배려할 필요가 있다.

점점 길어지고 있는 우리의 삶에서 에릭슨이 알려주는 발달의 단계들은 전 생애에 걸쳐서 발전한다. 칠십이 넘어서도 유년기의 근면성은 발현되고 통합되며 이는 개인뿐 아니라 사회 전체의 역량을 만들어 간다. 나이가 들어서도 무언가를 배우고 알아가려는 사람들이 많다는 건 세상을 향해 마음의 문을 여는 사람이 많다는 말이다. '다 아는데 이 나이 들어서 배울 게 뭐가 있어.'라는 사람과 배우는 자체를 즐기면서 생활하는 것에는 삶의 질에서 많은 차이가 있다.

"저요, 저요, 저요."

이것은 아이들뿐만이 아니라 어른들에게도 나의 능력과 자원을 발견하고 문제를 해결하려는 선언과도 같다. "나는 내 삶을 살아갈 역량이 있다."라고 말이다.

당신의 자존감은 안녕하십니까?

신뢰감과 연결된 몇 가지 검사가 있습니다. 이 책에서 제시하는 검사지는 나의 현재의 상태를 알아보는 검사예요. 정상이냐 비정상이냐를 알아보는 병리적 진단이 아닙니다. 점수가 낮게 나왔다고 해서 좌절하지 마세요.

에릭슨이 말한 삶의 과업들은 순환적으로 지속되며 변화 가능합니다. 이번 테스트를 통해서는 나의 자존감이 어떤 상태인지를 볼 수 있어요. 각 문항을 읽고 나에게 해당하는 곳에 체크해 주세요. 각 문항을 너무 많이 고민하시지는 마세요. 읽고 바로 생각나는 곳에 체크하시면 됩니다. 채점을 하시고 내 점수를 확인한 뒤에는 〈책 속 작은 상담소 – Sue's counseling tip〉을 꼭 읽어 주세요.

자, 그럼 시작해볼까요?

1. 대체로 나는 스스로에 대해 만족한다.

| □ 전혀 아니다(0점) | □ 아니다(1점) | □ 그렇다(2점) | □ 매우 그렇다(3점) |

2. 나는 가끔 잘하는 게 아무것도 없는 것처럼 느껴진다.

| □ 전혀 아니다(3점) | □ 아니다(2점) | □ 그렇다(1점) | □ 매우 그렇다(0점) |

3. 나는 장점을 많이 가지고 있다.

| □ 전혀 아니다(0점) | □ 아니다(1점) | □ 그렇다(2점) | □ 매우 그렇다(3점) |

4. 나는 다른 사람들만큼 어떤 일을 잘 해낼 수 있다.

| □ 전혀 아니다(0점) | □ 아니다(1점) | □ 그렇다(2점) | □ 매우 그렇다(3점) |

5. 나는 스스로 자랑할 만한 것이 별로 없다.

| □ 전혀 아니다(3점) | □ 아니다(2점) | □ 그렇다(1점) | □ 매우 그렇다(0점) |

6. 나는 가끔씩 내가 쓸모없다고 느낀다.

| □ 전혀 아니다(3점) | □ 아니다(2점) | □ 그렇다(1점) | □ 매우 그렇다(0점) |

7. 나는 적어도 다른 사람들만큼 가치 있는 사람이다.

| □ 전혀 아니다(0점) | □ 아니다(1점) | □ 그렇다(2점) | □ 매우 그렇다(3점) |

8. 나는 스스로를 좀 더 존중할 수 있으면 좋겠다.

| □ 전혀 아니다(3점) | □ 아니다(2점) | □ 그렇다(1점) | □ 매우 그렇다(0점) |

9. 대체로 나는 내가 실패자라고 생각하는 경향이 있다.

| □ 전혀 아니다(3점) | □ 아니다(2점) | □ 그렇다(1점) | □ 매우 그렇다(0점) |

10. 나는 나에 대해 긍정적인 태도를 가지고 있다.

| □ 전혀 아니다(0점) | □ 아니다(1점) | □ 그렇다(2점) | □ 매우 그렇다(3점) |

내 합계 점수 _____ 점

합계 점수	해석
21-30점	높은 자존감
11-20점	보통 수준의 자존감
10점 이하	낮은 수준의 자존감

(출처 : Rosenberg Self-Esteem Scale)

Everything is going to be O.K.

다 잘될 거야.

하버드대 학생들이 어릴 때 부모님에게 가장 많이 들었던 말이라고 해요.

한 설문조사 결과 아이들이 부모에게 가장 듣고 싶은 말 1순위는 "실수해도 괜찮아." 2위는 "우린 항상 너를 믿는다." 3위는 "다 잘될 거야." 4위는 "사랑한다."였어요.

자존감이 높은 사람은 다른 사람의 평가를 통해 자기를 보지 않습니다. 타인과 자기를 비교하면서 자신을 형편없이 생각하지 않는다는 거죠.

어린 시절 부모로부터 이러한 말을 듣지 못했다고 슬퍼할 필요는 없습니다.

오늘부터 나 스스로 self-stroke 하면 되거든요.

누군가와 비교해보니 내가 가진 게 별 게 아니라고 느껴지시나요?

계획했던 일이 제대로 진행되지 않았나요?

한번 얘기해 보세요.

괜찮아, 실수해도 괜찮아,

따라서 써 보아도 좋습니다.

괜찮아, 실수해도 괜찮아,

All right, Everything is going to be O.K.

2장

아이도 어른도 아니니, 뒤죽박죽은 당연하다
: 사춘기의 자아 정체감

Erik Homburger Erikson

×

The only way
to make sense out of change is to plunge into it,
move with it, and join the dance.

변화를 이해하기 위한 유일한 방법은
그 안으로 뛰어들고, 함께 움직이며, 춤을 추는 것이다.

Erik Erikson

미실이 때문에 잠 못 이루던 밤

×

10여 년간 엄마를 줄곧 부르며 가뜩이나
바쁜 시간을 더 분주하게 만들었던 일상이 바뀌는 순간이 온다.
언제인지 모르는 그날부터 엄마는 아이에게 지극히 평범한 존재가 된다.
그리고 전능했던 엄마는 사라진다.

꼬마의 재잘거리는 소리를 못 들어본 지가 꽤 되었다. 마스크로 코와 입을 가리고 다른 사람 앞에서는 이야기를 멈추는 시기를 몇 년 지나다 보니 더 그렇게 느껴진다. 여러 가지 교육이라는 명목으로 각 학교에서 꽤 많은 프로그램을 진행했다. 이런 교육 현장에서 가장 많이 사용하는 말이 "애들아, 조용!"이다. 지루한 수업보다는 훨씬 가볍고 재밌는 교육이었으니 아이는 쉼 없이 떠들어 댔고, 삼삼오오 재잘대는 아이를 조용히 시키는 게 가장 관건이었다.

자녀를 키워보면 아이가 부모에게 유독 말을 많이 하는 시기가 있다.

서너 살 무렵부터 초등학교 때까지 10년 남짓한 세월인데, 그 당시의 엄마는 아이의 말에 일일이 대답하는 게 쉽지 않다. 특히 일과 육아를 병행하며 자녀를 키우는 엄마는 매일 시간과의 전쟁을 치르기 때문에 자녀가 한 명이든 여럿이든 찬찬히 듣고 대답해주는 게 생각만큼 되지 않는다. 전업주부이든 하루 종일 일하고 녹초가 되어서 들어오는 아빠들이든 형편은 마찬가지이다.

나 또한 그랬다. 특히 아이들의 초등학교 무렵은 일하며 공부하며 살림하며 연년생을 키우는, 거의 초테크의 삶을 살았고 이 시절의 끝이 있을까 싶을 만큼 하루가 바빴다. 정신없는 일주일을 보내고 주말이 오면 그나마 마음의 여유가 생겼고 주말 저녁 방영되던 역사드라마나 개그 프로그램을 함께 보기도 했다.

그 당시 아이들이 좋아하던 드라마가 있었는데 바로 주말 연속극 〈선덕여왕〉이다. 신라의 역사 이야기와 화려한 캐스팅, 배우들의 몰입감 있는 연기 때문에 시청률이 높았고 특히 배우 고현정 씨가 연기한 '미실'의 인기가 엄청났다. 특유의 카리스마와 외모로 정치를 주도했던 매력적인 역할이라 5학년이던 딸아이도 미실이를 꽤 좋아했다.

평온한 일요일 저녁 아이들은 여전히 〈선덕여왕〉에 빠져 있었고 나는 집안일을 정리하며 하루를 마감하던 차였다. 그때

"안 돼!!"

라는 외마디 소리가 들렸다. 그리고 이내

"엄마, 엄마!"

하는 딸아이의 다급한 목소리에 깜짝 놀란 나는 고무장갑을 낀 채로 달려갔다.

"무슨 일이야? 왜? 어디 다쳤어?"

아이는 그렁그렁 눈물이 가득한 얼굴로 나를 쳐다보며 말했다.

"엄마... 미실이가 죽었어."

"응? 누가 뭐라고?"

상황 파악이 안 되는 나는 다시 물었고 딸아이는 말했다.

"미실이가 죽었다고, 이건 말이 안 돼. 말도 안 돼."

눈물을 뚝뚝 흘리며 이야기하는 딸을 보며 한마디로 기가 막혔다. 무슨 큰일이 난 줄 알고 깜짝 놀랐던 나는 그로부터 한 시간 반 동안 꼼짝없이 딸아이의 넋두리와 탄식 그리고 미실이가 자기에게 어떤 존재인지에 대한 이야기를 들어야 했다. 무려 한 시간 반 동안이었다.

'맙소사. 미실이가 죽은 게 대관절 나랑 무슨 상관이야? 내가 죽인 것도 아니고, 드라마에서 죽은걸.' 어이가 없기도 하고, 고무장갑을 낀 채 허겁지겁 달려온 내 모양새가 우습기도 했다. 그러나 다행인 것은 '지금 이 시간이 아이에게는 정말 중요한 순간이구나!'를 직감적으로 알아챘다는 것이고, 끝까지 들으리라는 결심으로 실제로 한 시간 반 동안 아이의 말을 끊지 않고 들었다는 거다. 울다가 웃다가를 반복하면서 푸념과도 같이 쏟아내는 아이의 말을 집중하며 듣기는 어려웠지만.

"그래, 그랬겠다, 그치…."

이렇게 장단을 맞추며 아이와 함께 그 시간을 견뎠다.

막 사춘기에 접어든 아이에게는 내가 이해 못 하는 폭풍과도 같은 감정이 지나가고 있었고 감정이 흐르는 대로 두서없이 하는 말을 들으며 사실 마음속으로는 '이제 그만, 이만하면 충분해.'를 수없이 되뇌었다.

그렇게 자정을 훌쩍 넘기고 나의 인내심이 거의 바닥에 이를 때 즈음, 갑자기 아이는 깊은 한숨을 내쉬며 한마디를 내뱉었다.

"휴, 이제 살겠다. 엄마 이제 가, 나 잘 거야."

황당하기도 하고 허무하기도 했다. 새벽 1시가 가깝도록 도대체 나는 무슨 이야기를 들은 걸까.

바쁜 엄마는 아이의 말을 끝까지 듣지 못한다. 끊임없이 엄마를 부르며 재잘대는 아이의 일상 이야기는 거의 비슷할뿐더러 동생이나 형을 이르거나, 싸워서 삐졌거나 혹은 자기 물건을 찾아달라는 이야기며 그런 말은 무시하고 싶은 게 솔직한 마음이기도 하다. 그렇게 엄마를 향한 아이의 타령에 엄마들은 "제발 얘기 좀 그만하고 숙제해."로 답한다. 이런 엄마의 타령은 아이가 사춘기가 시작되고 나면 서서히 사라진다. 아이가 입을 닫기 시작하는 것이다. 10여 년간 엄마를 줄곧 부르며 가뜩이나 바쁜 시간을 더 분주하게 만들었던 일상이 바뀌는 순간이 온다.

부모교육을 하는 강의실에서 사춘기 부모들은 이구동성으로 이야기한다. '우리 애가 말을 안 해요. 무슨 생각을 하는지 진짜 답답해요.'

이제는 아이를 향한 엄마의 구애가 시작된 거라고 설명한다. 그러나 이미 버스는 떠났고 아이는 엄마보다는 친구에게 마음을 열고 입을 열 뿐이다. 엄마를 불렀던 그 직전의 사건이 아이의 입을 닫게 했고 어느덧 사춘기 아이가 엄마를 찾을 때는 용돈 달라는 말 혹은 필요한 걸 사달라는 용건이 전부가 된다.

'미실이 때문에 잠 못 이루던 밤'은 벌써 10여 년이 훌쩍 지났고 매번 부모교육에서 듣기에 관한 강조를 할 때마다 꼭 사용하는 예화가 되었다. 그날 이후로 아이는 단 한마디도 미실이 이야기를 꺼내지 않았고 그 소중했던 미실이는 잊혔다.

사춘기가 시작될 무렵 아이는 폭풍우 같은 감정의 변화를 느끼게 된다. 에릭슨뿐만 아니라 여러 발달심리학자는 이 시기의 아이가 겪는 설명할 수 없는 감정을 언급했고 자기가 누구인지를 발견하려는 아이의 여정에 이런 감정의 해결은 반드시 필요하다고 말한다. 누군가 자기의 알 수 없는 감정을 지지해 주고 충분히 들어주면 아이는 혼란을 해결하는 실마리를 얻게 되고, 자연스럽게 변화를 받아들인다. 자아 정체감은 하루에 뚝딱 생기는 것이 아니라 이런 여러 번의 사건이 모여서 형성되기 때문이다.

항상 있을 것 같은 평범한 일상도, 그 처음 시작이 있었듯이 마지막이 존재하게 된다. 아이에게도 자신의 절대자인 엄마를 부르는 마지막이 있다. 나뭇가지에 꿰인 곶감을 하나하나 빼 먹고 어느덧 마지막으로 남은 곶감처럼 말이다. 언제인지 모르는 그날부터 엄마는 아이에게 지극히 평범한 존재가 된다. 그리고 전능했던 엄마는 사라진다.

누구에게나 찾아오는 중요한 순간이 있다. 휘몰아치는 감정에 다급하게 나를 부른다면 오늘이 특별한 그날이라는 것을 직감적으로 알아차리기를 바란다.

아이의 부름에 온몸으로 반응하자. 오늘의 부름이 나뭇가지에 끼워진 마지막 곶감이 될 수도 있으니 말이다.

일단 엄마는 빠지시고

×

성장하는 사춘기 아이는 어른이 이해할 수 없는 존재이다.
너를 이해한다고 말하는 순간 아이는 또 다른 길로 튀어 나간다.
'당신이 나를 이해하다니…. 기분 나빠.'
아이들의 독립투쟁은 부모라는 나라에서 벗어나 자기만의 나라를 꿈꾸는 일련의 과정이다.

자녀 문제로 상담실에 찾아오는 엄마들이 공통으로 하는 이야기가 있다.

"우리 아이는 어려서부터 정말 착했고 엄마 말도 잘 들었고 엄마를 그렇게 좋아했어요. 그런데 사춘기가 오면서 저렇게 변했어요."

엄마들의 이야기에 충분히 공감한다. 엄마라는 이름으로 지내왔던 십수 년간의 희생이 마치 쓸데없는 일이 된 것처럼 느껴진다는 그들의 하소연은 먹먹함을 자아내기에 충분하다. 경찰서에 가서 난데없이 조사를 받기도 하고 학교에 불려 다니기도 하면서 핸드폰에 모르는 번호가 뜨면 가슴이 덜컹한다고 했다. 그런데 아이러니하게도 그녀의 자녀들을 상담해 보면 전혀 다른 시나리오가 펼쳐진다.

엄마만 빠지면 아무런 문제가 없다는 것이 아이들의 주장일 때가 많다. 항상 독선적이고 끊임없이 비교하며 짜증이 많고 자기에게 아무런 관심이 없다는 아이들 기억 속의 엄마는 도대체 누구란 말인가. 어제 가슴을 치며 한바탕 눈물을 쏟았던 그 엄마가 이 아이의 엄마가 맞나 싶다.

〈한 지붕 세 가족〉이라고 하는 오래된 드라마가 있었다. 아파트가 지금처럼 많지 않던 시절, 대부분의 주택에는 딸린 지하실이든 대문 옆 방이든 누워 잘 수 있는 공간이 있다면 사람들이 세를 들어 살았다. 그렇게 한 대문을 쓰지만, 전혀 다른 세 가족이 각자의 방식으로 살아가는 모습을 유쾌하고 재밌게 그려냈던 드라마로 어렴풋이 기억이 난다.

그와 비슷하다. 아이들이 사춘기를 지날 즈음부터는 같은 집에 살지만 세 가족이 되는 것 같다. 현관문을 같이 쓰기는 하지만, 각자의 방을 지니게 되니 한 지붕 세 가족이 되는 셈이다.

부모는 아이가 태어나는 순간조차도 기억하기에 과거와 현재를 동시에 살지만, 아이들은 그렇지 않다. 그게 뭔지 확실하지는 않지만 부모와는 다른 삶을 살아야 한다는 생각이 들면서 끝없이 투쟁한다. 실제로 모든 의식주를 부모에게 의탁하면서도 의식만은 또렷하게 독립을 꿈꾸는 아이들의 아이러니를 이해하기는 힘들다. 이해할 수 없으니 인정도 안 되는 것이다. 부모교육을 할 때 항상 하는 말이 있다. 머리에서 가슴까지 내려오는 그 짧은 길이 때로는 평생이 걸리기도 한다고. 옆집 아이의 사연은 이해도 되고 인정도 되는데, 내 아이의 일은 이해도 안 되고 인정할 수도 없다.

성장하는 사춘기 아이는 어른이 이해할 수 없는 존재이다. '너를 이해한다'고 말하는 순간 아이는 또 다른 길로 튀어 나간다.

'당신이 나를 이해하다니···. 기분 나빠.'

아이들의 독립투쟁은 부모라는 나라에서 벗어나 자기만의 나라를 꿈꾸는 일련의 과정이다. 따라서 부모는 지배 욕구를 거두고 아이는 다른 나라라고 인정하기 시작하면 독립은 자연스럽게 이루어진다. 냉전 세계를 종식시킨 몰타 선언이나 일왕의 항복선언 같은 이벤트가 필요하다.

빠져주면 해결된다. 아이들이 그토록 "엄마는 빠지시고."를 외치니 말이다.

에릭슨은 청소년기를 자아 정체감을 만들어 가는 시기라고 말하였다. 자아 정체감이라는 말을 처음 들으면 도대체 무슨 말인지 도통 이해하기 어렵다. 쉬운 말로 하자면 자아 정체감이란, '나는 당신과는 다른 사람이야.'라는 것이다. 친구와는 일단 얼굴도 다르고 이름도 다르고 성격도 다르다, 그래서 나는 너와 다르다는 걸 인식시키기 위해 투쟁할 필요가 없다. 문제는 집에만 들어오면 생긴다. 엄마 아빠와는 어딘지 모르게 닮았다. 외모도 닮았고 식성도 비슷하고 심지어 걷는 모습도 닮았다며 명절 때 친척들은 입을 모은다. 오죽하면 발가락이 닮았다는 말이 있을까. '나는 너와 달라'를 과업으로 삼고 있는 청소년기의 아이들에게 "너는 나를 닮았다"라고 계속 외치는 부모는 얼마나 짜증이 나는 존재일까.

내가 어떤 사람인지 설명하는 자아 정체감을 만드는 데에는 긴 시간이 필요하다. 그러나 다양성의 실험이 제한된 청소년기의 아이들은 시간이 없다. 그래서 일단 나를 닮은 사람들과 얽히는 건 최소한으로 해야 한다.

"엄마는 일단 빠지시고."

라고 외치는 아이들은 달리 말하면

"나 지금 몹시 바빠요, 내가 누구인지를 알아야 하거든요. 한 가지 확실한 건 난 엄마, 아빠랑은 영 다른 사람이에요."

라고 말하는 것이다.

다양하게 실험해야 찾을 수 있고 만들어 갈 수 있는 자아 정체감을 위해서, 오늘도 조용히 빠져주는 교양 있는 부모들이 많아지길 기대한다.

방문들 닫고 들어가는 아이들을 보면서 우리 집은 '한 지붕 세 가족이구나!'하고 자연스럽게 받아들이자. 입구 방에 공짜로 사는 이웃이려니 생각하면 맘이 좀 편해진다.

가끔 결혼한 남자도 비슷하다. 청소년기에 좀 더 방황하며 찾아야 했던 자아 정체감 부족분을 결혼 후라도 채워야 하는데, 현실에서의 변화는 너무 힘든 일이다. 그래서 남편은 부인도 없고 아이도 없는 독립을 늘 혹은 가끔 기대하며 게임 속의 전사가 되고 낚시터의 강태공이 되는 게 아닐까.

오늘도 '일단 당신은 빠지시고'를 속으로 외치는 이들에게 자아 정체감 확립이라는 우리의 숙제는 평생을 거쳐 해나가는 것이라고 말하고 싶다.

MBTI가 뭐예요?

×

MBTI로 건네는 인사에 나는 웃음이 났다.
이렇게 묻는 것은 나에게 마음을 연다는 신호였고, 신뢰할 만한 누군가를 통해
자신의 모습을 보고 싶다는 표현이었으니 말이다.

지역에 있는 기관에서 직원을 위한 세미나를 진행했다. 20대 후반부터 30대 초반의 젊은 직원들이 항상 기분 좋게 맞아주는 곳이라 갈 때마다 발걸음이 가벼웠다.

'나를 찾는 여행'이라는 소제목에 걸맞게 성격유형에 대해 강의하고 자신의 성격유형이 어떤지 검사지를 통해서 알아보기로 했다.

몇 년 전부터 MZ세대를 중심으로 성격검사 열풍이 불고 있고 MBTI가 유행처럼 회자되고 있다. MBTI, 애니어그램, DISC, TCI 등등 모두 심리학적인 근거를 두고 개발된 검사 도구인데, 내가 주로 사용하는 건 '애니

어그램'이라는 성격유형 검사이다. 사람을 힘의 중심에 따라 머리형, 가슴형, 장형 세 가지 유형으로 크게 나누고 각 유형은 다시 3개씩 구분해 총 아홉 개의 유형으로 설명한다. 각 유형은 각자의 성숙도나 주로 사용하는 부기능이 달라 좀 더 세분화하기도 한다. 유형을 설명할 뿐 아니라 각자가 어떻게 하면 더욱 성숙하고 성장할 수 있는지를 알려주기 때문에 종종 전문적으로 강의하는 분야이다.

각자의 유형을 알아보고 난 뒤에 소그룹 워크샵을 진행하면 유형별 차이가 확연히 드러난다. 성격유형별로 달라지는 걸 실제로 보게 되면 너와 나의 차이에 대한 이해가 한결 쉽다. 젊은 직원들에게 각자의 업무 스타일을 애니어그램을 통해서 해석해주면, 동료의 이해 못 할 행동을 유쾌하게 받아들이는 경우가 많다.

한 직원이 손을 들고 이야기를 시작했다.

"소장님은 MBTI가 뭐예요?"

예상치 못한 엉뚱한 질문에 직원들은 폭소했다.

"제 MBTI요? 우리 몇 시간 내내 애니어그램에 대해서 이야기했는데, 지금 MBTI 물어본 거 맞죠?"

웃으며 물어보는 나의 질문에 해맑게

"네, MBTI 맞아요."

라고 답한 직원은 설명을 이어갔다.

"저는 아직 제가 사춘기인 것 같거든요. 하루종일 애니어그램을 배우고 보니까 요즘 제가 저를 찾아가는 여행 중인 것 같긴 해요. 그런데 갑자기 소장님 MBTI가 궁금해지네요. 다른 사람의 유형도 보면서 퍼즐 맞추듯이 알아가 보려고요."

내가 누구인지를 알아가는 여정은 평생이 걸린다. 어느 정도 알았다는 생각이 들기는 하지만, 시간은 환경을 변화시키고, 그 변화에 적응하느라 나도 또 변한다.

에릭슨이 주목한 청소년기는 내가 누구인지를 파악하는 그 긴 여정의 첫 단계이다. 세상 전부이던 부모로부터 조금씩 분리되어 스스로 행동하고 배워가던 어린이는 일정 시기가 되면 혼란을 겪는다.

에릭슨도 그러했다. 덴마크 출신의 유대인 어머니와 독일 출신의 유대인 덴마크 아버지에게서 태어난 그는 부모와는 다른 푸른 눈과 금발을 가지고 있었다. 이런 외모는 유대인 사회에서 이방인처럼 느끼게 했고, 꽤 오랫동안 에릭슨을 괴롭혔다. 생부가 누구인지 알 수 없어서 혼란했던 그는 방황하기도 했다.

자신이 누구인지를 스스로 정의 내리는 자아 정체감은 복잡한 과정을 거치면서 얻어진다. 어른은 아니지만, 책임이라는 단어가 일상에서 자주 등장하고, 성인의 몸을 닮아가면서도 여전히 경제적으로는 부모에게 의존하고 있다. 매일 같은 교실에 앉아서 시간을 보내는 친구가 위안이 되기는 하지만 평생 이 친구들과 함께 할 수 있을지는 의문이다. 내가 잘하는 게 무엇인지 불확실하고 선생님의 평가 또한 맘에 들지 않는다.

하루는 마냥 즐거웠다가 맘에 드는 이성이 다른 사람과 웃고 있는 걸 보니 마음이 무너지는, 사춘기에 경험하는 다양한 정서 또한 낯설게 느껴진다. 그래서 사춘기의 아이들은 보호와 지지가 필요하다.

상담실에서 만난 아이들은 대부분 말이 없다. 상담하러 온 태수도 그랬다. 평소 끊임없이 재잘대던 아이였을 수도 있었겠지만, 총 10회기의 상담 중 처음 5회기는 별다른 말이 없었다.

억지로 말을 하게 시키지 않았다. 함께 시간을 가지는 것만으로 의미가 있기 때문이다. 사람은 꼭 입으로만 말하지 않는다. 표정과 행동으로도 많은 말을 할 수 있다. 함께 하는 시간이 쌓일수록 친밀해지고 연대감이 생긴다.

태수와 이야기하는 대신에 집에 있는 키보드를 가져다가 피아노를 치게 했다. 한 시간 동안 기초적인 것을 가르쳤는데 꽤 잘 따라 하는 게 신기했다. 그래서 칭찬하며 인정을 해주었다. 인정해 준다는 것은 꽤 중요하다. 인정해 주는 사람에게 신뢰감이 생기며, 인정을 받는 과정에서 자존감이 생기기 때문이다. 자신감을 얻었는지 양손으로 바이엘 2권을 치면서 태수는 처음으로 웃었고 태수와 정한 상담목표는 바이엘 4권을 끝내기가 되었다. 3달이 지나고 상담을 마치던 날 태수는 꽤 어려운 곡인 〈엘리제를 위하여〉를 꽤 성공적으로 연주했다. 그리고 연주 기념으로 작은 조각 케이크를 함께 먹었다. 케이크를 먹으며 태수는 2시간 동안 자기의 이야기를 했다. 봇물 터지듯 쏟아내는 태수의 이야기를 들으며 나는 처음 태수를 만났을 때를 떠올렸다. 푹 눌러쓴 모자에 굳게 다문 입. 어린 시절에는 누구에게나 끊임없이 재잘대는 아이였던 태수는 주변 사람이 자기에 대해 함부로 말하는 게 듣기 싫어서 중학생이 되면서부터 입을 닫았다고 했다.

"나도 나를 모르겠는데, 지들이 나에 대해서 뭘 안다고 그렇게 말해요? 기분 나빠요."

태수는 그렇게 한참을 자기의 이야기를 했다. 상담실을 나서기 전에 꾸벅 인사를 하더니 나에게 물었다.

"그런데 선생님은 MBTI가 뭐예요?"

나는 웃음이 났다. 이렇게 묻는 것은 나에게 마음을 연다는 신호였고 신뢰할 만한 누군가를 통해 자신의 모습을 보고 싶다는 표현이었으니 말이다.

"글쎄, 잘 모르겠네. 나도 아직 알아가는 중이거든."

싱겁게 대답하며 태수와 인사했다.

MBTI로 건네는 인사는 당신을 알아가고 싶다는 메시지다. 나이에 상관없이 여전히 자라나는 나를 보며 내 MBTI가 맞기는 한 것인지 궁금해졌다.

I am who I am

×

어쨌든 나답게 살고 싶은
모든 이의 하루는 소중하다.

"그러니까 사춘기는 엄마 말을 안 듣는 게 정상이라는 거지."

"진짜? 어머, 그러면 우리 애는 완전 정상이네."

"그래, 어릴 때는 엄마가 우선이다가 점점 친구가 중요해지고 엄마는
뒤로 밀리는 거야."

카페 옆자리에 자리 잡은 엄마들이 나누는 이야기가 들렸다. 제법 큰
카페 안에 다 들릴 정도로 목소리도 컸고 어제 텔레비전에서 들은 내용
에 공감이 되었는지 다른 엄마들에게 열성적으로 설명하며 대화를 이어

갔다.

"그래도 우리 애는 너무 심해, 친구라면 죽고 못 살 정도라니까, 난 완전 찬밥이잖아."

"부모랑 멀어지는 게 정상은 맞는 거지."

"박사님이 말한 결론은 20대 애들이 제때 독립을 해야 한다는 건데, 봐 봐. 지금은 독립이 안 되니까 그게 가장 큰 문제라잖아."

사춘기 아이를 키우는 엄마들의 활기찬 대화는 20대의 취직 이야기를 하면서 점점 소리가 잦아들었고 이후 화제는 쇼핑과 남편 이야기로 넘어 갔다. 사춘기 자녀 이야기가 더 길어졌다면 옆에서 더 듣고 싶었는데 이내 바뀐 화제가 아쉬웠다.

부모는 붙잡으려 하고 아이는 벗어나려고 하는 팽팽한 사춘기의 기 싸움을 상담실 안과 밖에서 수도 없이 목격했다. 그러면서 내린 결론은 나답게 살고 싶은 마음이 평생에 걸쳐 우리를 이끈다는 것이다. 어찌 보면 신뢰감을 바탕으로 세상을 향해 발을 내딛는 모든 순간은 나답게 살고 싶다는 표현이라고 할 수 있다.

부모의 그늘에서 벗어나 나답게 살고 싶은 사춘기의 마음이나, 내가 원하는 삶을 꿈꾸며 산으로 들어간 수많은 자연인의 결심은 크게 다르지 않다.

넷플릭스나 유튜브가 대세인 시대에 공중파에서 10년 넘게 높은 시청률을 보이며 이어지는 프로그램이 있다. 깊은 산속에서 자신만의 방식으로 사는 자연인에게 한 개그맨이 찾아가서 하룻밤을 지내며 생활하는 프로그램이다. 별다른 대본도 없고 유명인이 등장하는 것도 아닌데 보고있으며 묘한 중독성이 있고 의외로 마니아층이 많다. 아무도 없는 산속에서 혼자서 어떻게 살 수 있는지 선뜻 이해하기는 어렵지만, 〈나는 자연인이다〉에 등장하는 자연인들의 표정에서 공통으로 보이는 모습이 있다. 내가 원하는 삶을 살고 있다는 자부심과 사소한 것에서 만족을 느끼는 자족이 바로 그것이다.

함께 하루를 지내고 난 뒤 저녁을 먹으며 진행자가 자연인에게 삶을물어본다.

"산에 들어와 사시면서 뭐가 제일 좋으세요?"
"내가 원하는 대로 사는 게 제일 좋죠. 뭐, 여기 와서는 나답게 사는 것같아요."

남들 보기에는 도시에서 넥타이 매고 직장 다니는 게 멋있어 보이겠지만 정작 자신이 만족하는 행복한 삶은 이곳에 있다는 게 공통된 대답이다.

에릭슨은 사춘기의 삶의 과제를 자아 정체감으로 표현하였다. 자신이 누구인지를 알아가는 과정은 하루아침에 이루어지지 않는다. 물론 자아 정체감은 후성적 관점에서 볼 때 일과 사랑을 함께할 좋은 동반자가 나타나서 검증받을 때까지는 그 누구도 자신이 정확히 누구인지는 알 수 없다. 하지만 정체성의 기본 형태는 유년기의 여러 가지의 시도에서 얻게 된 경험과 그들의 시도를 말없이 지지해 주는 안전한 어른에 의해서 생겨날 수 있다. 어른들과는 다르게 생각하고 다르게 표현하는 아이들이 결국 듣고 싶은 메시지는 "너희는 정말 어른들과는 다르구나, 계속 시도해도 괜찮아."이다.

이렇게 사회의 드러나지 않은 인정을 받게 되면 이들은 또래와의 연대감을 갖게 되고 자기의 정체감을 안전하게 발전시켜 나갈 수 있다.

그런데 이런 정체감 형성은 약간의 역할 거부 없이는 불가능하다고 에릭슨은 강조했다. 특히 주어진 역할이 개인의 잠재적인 정체성 통합을 위협할 때 더욱 그러하다. 역할 거부를 통해서 아이들은 자기들만의 소집단 의식이 생기기도 하는데 이들의 어설픈 시도가 때로는 놀라움이나 혼란 혹은 분노를 불러올 수도 있다.

영화 〈죽은 시인의 사회〉에 보면 엄격하게 교육을 받는 명문 기숙학교의 학생들이 몰래 소집단을 만들어서 자기들의 열정과 감성을 표현하는 장면이 나온다. 작은 방에서 모이기도 하고 기숙사 바깥 숲속에 아지트를 마련하기도 한다. 시를 연구하면서 동시에 일탈을 일삼는 그 모임의 이름이 바로 '죽은 시인의 사회'이다. 이 모임에서 이루어지는 학생들의 진지하면서도 어설픈 시도가 놀라움과 혼란을 주지만 그래서 더 아름답게 느껴진다.

에릭슨이 강조했음에도 불구하고 자신의 역할을 거부할 기회가 모두에게 공평하게 주어지지는 않는다.

충실하게 혹은 과도하게 그 역할을 다하느라… 어쩔 수 없이 고민하거나 방황할 시간이 주어지지 않았던 내담자들의 이야기를 통해서, 삶의 어느 순간에는 반드시 멈출 수밖에 없는 사연을 듣게 되었다. 맏이여서 그랬고, 집안 형편이 어려워서 그랬고, 고생하는 어머니가 불쌍해서 반항 한 번 못했다는 명철씨는 나이 육십이 넘어서야 자기가 좋아했던 그림을 배우기 시작했다.

내가 누구인지를 고민하는 시간은 누구에게나 필요하고 그 시기가 사춘기라면 가장 적절하다. 자아 정체감은 일생에 걸친 과제이지만 사춘기에 제대로 시작되어야 한다.

물론 그들의 도전과 거부 때문에 부모들은 괴롭고 힘들다. 섭섭하고 화난다는 카페에서 만난 엄마들의 열변에 고개가 끄덕여진 이유이다. 그러나 사춘기는 그래야 한다. 부모를 밀어내고 그 자리에 친구가 들어와야 하고 평소와는 다른 속 썩이는 날들이 간간이 있어야 하며 어른들에게 반항해야 한다.

내가 누구인지를 알아야 독립할 수 있고 어른들의 삶이 대수롭지 않게 보여야 나의 공간을 만들어 갈 수 있다. 자녀를 독립시키고 싶다면 사춘기의 반항을 소리 없이 지지해 주자. 너무 과장되게 이해한다는 제스처는 금물이다.

혹시 독립이 두렵다면 자연인을 보면서 용기를 내어보면 어떨까. 나답게 사는 게 쉬운 일이 아니라는 것과 나만 힘들고 두려운 게 아니라는 것을 자연인의 이야기를 통해서 알 수 있을 테니까 말이다.

오늘도 얼마나 많은 아이가 방문을 쾅 닫으며 미간을 찌푸리고 있을지, 전국 깊은 산속의 자연인들이 자기만의 삶을 누리며 행복해할지 상상이 되면서, 문득 두 삶이 맞닿아 있다는 생각이 든다.

어쨌든 나답게 살고 싶은 모든 이의 하루는 소중하다.

20대의 독립이 시대의 화두가 되었다. 자녀가 어리든 혹은 장성했든 간에 자녀를 떠나보내려 하지 않는다면 관계는 틀어진다. 반대로 다 장성했는데도 부모를 떠나려 하지 않는다면 그것도 문제다. 각각의 고유한 모습으로 만들어졌고 고유한 모습으로 살아가야 하는 것이 인생이다. 그 시작이 바로 사춘기이고 그 시기는 사람마다 다르게 온다.

오늘도 〈전원일기〉를 본다고요?

×

생각해보면 사춘기의 방황은 내가 어떤 사람인지를 찾는 다양한 시도이면서도
여전히 내가 가족에게 중요한 사람인지를 시험하는 것이다.

유선방송이 봇물 터지듯 늘어나던 시절에도 무슨 고집인지 인터넷 텔레비전을 신청하지 않았다. 뉴스와 드라마, 개그콘서트에 주말의 명화까지 공영채널 5~6개로도 충분하다고 생각했고, 가끔 방영되는 교육 방송의 깊이 있는 다큐멘터리도 근사했다.

지금이야 각자 핸드폰으로 원하는 영상을 보고 선택하는 시대이지만 생각해보면 텔레비전이 특별했던 시절이 있었다. 명절에 큰집에 가면 되풀이되는 익숙한 풍경 중 하나는 꼬맹이들이 한 평 남짓한 작은방에 둘러앉아 신문에 실린 명절 편성표를 연구하는 일이다. 밑줄을 쳐가며 사

뭇 진지했고 같은 시간에 보고 싶은 만화나 영화가 겹치면 어찌나 아쉬웠던지.

"일단 만화 먼저 보다가 중간에 다른 채널로 옮기자."
"그냥 〈올스타 청백전〉 보면 되잖아."

동생들과 최상의 일정을 짜면서 연휴 내내 즐거웠다. 공영방송의 전성기가 흘러가고 모든 세대에 기본적으로 유선방송이 나오게 되면서 수십 개의 채널이 생겼고 우연히 텔레비전 채널을 돌리다가 낯익은 드라마를 발견했다.

그게 바로 〈전원일기〉다. 20여 년간 방영한 최장수 드라마였던 〈전원일기〉를 다시 만난 반가움과 일용 엄마의 독특한 억양이 낯설지 않아서인지 두어 시간을 흠뻑 드라마에 빠졌다. 그리고 그날 이후로 오랫동안 〈전원일기〉에 매료되었다.

〈전원일기〉에는 양촌리에 사는 다양한 가족의 이야기가 등장하는데 그 중심인물은 김 회장 집과 일용이 가족이다. 워낙 장수 드라마다 보니 출연한 배우들이 드라마와 함께 나이 들어갔고, 누구나 알 만한 중견 배우들의 젊은 시절 모습도 있어서 보는 재미가 쏠쏠했다.

사실 〈전원일기〉라는 드라마 이름과 배우들이 익숙할 뿐 어린 시절에

보던 극의 내용은 크게 기억나지 않는지라 다시 보는 내내 각각의 에피소드들이 새로웠다.

우연히 지인과 이야기를 나누다가 〈전원일기〉가 화제에 올랐다.

"어머나, 명인 씨도 〈전원일기〉 보나 봐요?"

"저 완전 〈전원일기〉 팬이에요, 너무 재밌잖아."

"그렇죠, 감동도 있고, 교훈도 있고. 지금 와서 다시 보니까 왜 이렇게 새로운지."

"지금 보면 시대에 안 맞는 얘기들도 있긴 한데 전 그 왕할머니의 지혜에 반했어요. 정말 그렇게 나이 들어야 할 것 같아요."

"맞아요. 초창기에는 시샘도 하고 엉뚱하게 시집살이도 시키고 하시더니, 어느 때부터인가 진짜 어른처럼 행동하잖아요."

〈전원일기〉를 보는 사람이 또 있구나 하는 반가운 마음과 함께 드라마 토론회를 한참 이어갔다.

며칠 전에 봤던 에피소드에는 김 회장의 막내아들인 금동이의 가출과 그를 대하는 가족들의 깊은 사랑이 그려졌다. 김 회장 내외가 친부모가 아니라는 사실 때문에 금동이는 방황하고 엇나갔다. 가족의 사소한 행동이 자기를 무시하는 것 같아서 섭섭한 마음이 들었고 가족 안에 자기 자리가 없다는 좌절감이 들어서 결국은 가출했다. 온 가족이 금동이를 찾기 위해서, 아니 다시 가족 안에 품기 위해서 노력하는 모습이 감동 있게 그려졌다. 집에 다시 돌아온 금동이를 가족들은 사랑으로 받아주었는데 인상 깊었던 건 그 에피소드의 마지막 장면이다. 금동이를 비롯한 모든 가족이 안방에 모여 있고 김 회장은 금동이에게 차분하게 이야기한다.

"오늘 온 가족이 모인 것은 이 일을 잊지 않고 기억하라는 의미이다. 네가 저지른 잘못은 첫째 부모의 믿음을 버린 것이고, 둘째는 스승의 믿음을 버린 것이며, 셋째 형제간의 믿음을 버린 것이다."

가족이나 주변 사람과의 믿음과 신뢰가 얼마나 중요한지를 일깨워주기 위한 김 회장의 가르침은 금동이의 마음에 전해졌고, 그날 이후로 금동이는 방황을 멈추었다. 0.7이라는 믿을 수 없는 수치의 출산율과 함께 가족의 정의를 새롭게 써나가는 요즘 시대에, 〈전원일기〉 속의 대가족은 역사 교과서에 나올 법한 일이 되었다. 특히 집안에서 어른이 실종되고 바른 가치관의 전수가 희미해지면서 김 회장의 역할은 찾아보기 어렵다.

생각해보면 사춘기의 방황은 내가 어떤 사람인지를 찾는 다양한 시도이면서도 여전히 내가 가족에게 중요한 사람인지를 시험하는 것이다. 유아기에 부모와의 관계에서 형성된 신뢰감은 멈추어 있는 것이 아니고 일생 동안 자신의 주변으로 점차 확대되는 개념이다.

에릭슨이 '신뢰'라는 표현을 선호하는 이유는 자신감에 비해 순진함과 상호성의 의미가 더 잘 표현되기 때문이다. 신뢰는 보호자의 일관성과 지속성에 의지하는 법을 배우는 것뿐만 아니라, 자신의 욕구를 스스로 표현하고 충족하는 능력을 믿는 것이기도 하다. 자기 자신이 충분히 신뢰할 만한 존재라고 생각하면 보호자가 자신을 지켜봐 주어야만 한다든지 혹은 자신을 떠나버릴 것이라고 걱정하지 않아도 된다.

금동이가 겪는 정체감의 혼란은 너무나 당연했다. 지금까지 어머니, 아버지라고 불렀던 사람들이 나의 진짜 부모가 아니라니 얼마나 놀랐을까. 우연히 어울리게 된 친구들은 금동이의 가출을 용기 있다고 지지하고 부모나 가족이 결국은 너를 버릴 것이라고 속삭이지만, 그 말이 결코 위로될 수는 없다. 금동이의 혼란과 방황은 내가 여전히 부모와 가족에게 사랑받는 아들인지를 묻고 확인하는 고통스러운 과정이었기 때문이다.

에릭슨은 청소년기의 정체성의 과업을 설명하면서 자신의 정체성을 확립하기 위해서는 닮고 싶은 역할모델과 이상이 필요하다고 했다. 그리고 이때 이전 단계의 신뢰감 위기에 봉착하게 되면서 정체감을 구성하는 요소를 정리하는 데에는 시간이 걸린다고 하였다. 그러니까 내가 보는 나와 타인이 보는 나의 모습에 어떤 차이가 있는지 걱정하고 불안해하는 정체성의 혼란과 방황은 꽤 지속될 수 있고 반복될 수 있다는 것이다.

17세의 금동이뿐만 아니라 환갑이 넘은 일용 엄니도, 김 회장의 착한 둘째 아들도 순간순간 정체감의 혼란을 경험하는 것을 본다. 대수롭지 않게 넘어가는 날도 있지만 어떨 때는 혼자 고민하는 시간이 길어지기도 한다. 그게 해결되어가는 과정에는 김 회장과 노할머니로 대표되는 믿음이 있다.

드라마의 작가가 과연 에릭슨의 이론을 알았을까 싶지만, 그가 발견하고 정리한 삶의 지혜는 이미 〈전원일기〉의 가족들에게 사람다움이라는 가치관을 통해서 전해진 것 같다.

"오늘도 〈전원일기〉 보셨어요?"

다시 만난 명인 씨에게 이야기 끝에 물었다.

"그럼요, 오늘도 〈전원일기〉 봤죠, 금동이가 완전 달라졌던데요."

그래서 오늘도 채널을 돌려가며 〈전원일기〉를 본다.

우리 사이의 안전거리는 얼마큼?

청소년기는 '자아 정체감'의 과제를 수행하는 시기이고 '자아 정체감'이란 타인과 구별되는 나를 알게 되는 것이죠.

보웬의 '자아 분화척도'를 통해 '자아 정체감' 획득 정도를 점검할 수 있습니다.

보웬은 개인이 환경을 통제하는 것을 가장 중요한 생존목표로 보았어요. 그래서 가족 안에서 자신의 지적체계를 충분히 활용해야 감정 덩어리인 가족으로부터 자신을 분리하는 과정을 발전시킬 수 있다고 본 것이죠. 다음의 검사지는 나의 지적체계와 감정체계가 어느 정도 분리되어 있는지를 통해 가족으로부터의 분화 정도를 알려줍니다.

한번 점검해 볼까요?

자아 분화척도(Differentiation of Self Scale)

다음의 문장을 잘 읽고 자신의 특성과 어느 정도로 일치하는지 빈칸에 체크 해주세요. 최근 2년 동안의 전반적인 행동, 경험 및 의견을 묻는 문항입니다.

1. 나는 중요한 일을 결정을 내릴 때 마음 내키는 대로 결정하는 일이 많다.

□ 전혀 아니다(4점)	□ 아니다(3점)	□ 그렇다(2점)	□ 매우 그렇다(1점)

2. 나는 말부터 해 놓고 나중에 가서 그 말을 후회하는 일이 많다.

□ 전혀 아니다(4점)	□ 아니다(3점)	□ 그렇다(2점)	□ 매우 그렇다(1점)

3. 나는 화가 나면 물불을 가리지 않고 행동하는 편이다.

□ 전혀 아니다(4점)	□ 아니다(3점)	□ 그렇다(2점)	□ 매우 그렇다(1점)

4. 나는 욕을 하고 무엇이든지 부수고 싶은 충동을 느낀다.

□ 전혀 아니다(4점)	□ 아니다(3점)	□ 그렇다(2점)	□ 매우 그렇다(1점)

5. 나는 다른 사람들과의 싸움에 잘 말려드는 편이다.

□ 전혀 아니다(4점)	□ 아니다(3점)	□ 그렇다(2점)	□ 매우 그렇다(1점)

6. 나는 대수롭지 않은 일에도 화를 잘 내는 편이다.

□ 전혀 아니다(4점)	□ 아니다(3점)	□ 그렇다(2점)	□ 매우 그렇다(1점)

7. 내 말이나 의견이 남의 비판을 받으면 즉시 바꾼다.

□ 전혀 아니다(4점)	□ 아니다(3점)	□ 그렇다(2점)	□ 매우 그렇다(1점)

8. 내 계획이 주위 사람의 인정을 받지 못하면 잘 바꾼다.

□ 전혀 아니다(4점)	□ 아니다(3점)	□ 그렇다(2점)	□ 매우 그렇다(1점)

9. 나는 비교적 내 감정을 잘 통제하는 편이다.

□ 전혀 아니다(1점)	□ 아니다(2점)	□ 그렇다(3점)	□ 매우 그렇다(4점)

10. 나는 남이 지적할 때보다 내가 틀렸다고 여길 때 의견을 더 잘 따른다.

□ 전혀 아니다(1점)	□ 아니다(2점)	□ 그렇다(3점)	□ 매우 그렇다(4점)

11. 나는 대다수 사람의 의견보다 내 의견을 더 중시한다.

□ 전혀 아니다(4점)	□ 아니다(3점)	□ 그렇다(2점)	□ 매우 그렇다(1점)

12. 논쟁이 일더라도 필요할 때는 내 주장을 굽히지 않는다.

□ 전혀 아니다(1점)	□ 아니다(2점)	□ 그렇다(3점)	□ 매우 그렇다(4점)

13. 주위의 말을 참작은 해도 어디까지나 내 소신에 따라 결정한다.

□ 전혀 아니다(1점)	□ 아니다(2점)	□ 그렇다(3점)	□ 매우 그렇다(4점)

14. 자라면서 부모님이 나에 대해 근심하는 것을 많이 보았다.

□ 전혀 아니다(4점)	□ 아니다(3점)	□ 그렇다(2점)	□ 매우 그렇다(1점)

15. 부모님은 내가 미덥지 못해서 지나치게 당부하는 일이 많았다.

□ 전혀 아니다(4점)	□ 아니다(3점)	□ 그렇다(2점)	□ 매우 그렇다(1점)

16. 우리 부모는 형제 중 유독 나 때문에 속을 많이 썩었다.

□ 전혀 아니다(4점)	□ 아니다(3점)	□ 그렇다(2점)	□ 매우 그렇다(1점)

17. 부모님은 내게만 문제가 없다면 아무 걱정이 없겠다는 말을 많이 했다.

□ 전혀 아니다(4점)	□ 아니다(3점)	□ 그렇다(2점)	□ 매우 그렇다(1점)

18. 내가 처한 상황은 부모님이 전부터 입버릇처럼 말해 오던 대로이다.

□ 전혀 아니다(4점)	□ 아니다(3점)	□ 그렇다(2점)	□ 매우 그렇다(1점)

19. 내 걱정이나 근심은 옛날 부모님이 내게 말씀하시던 그대로이다.

□ 전혀 아니다(4점)	□ 아니다(3점)	□ 그렇다(2점)	□ 매우 그렇다(1점)

20. 부모님과 떨어져 살면 대단히 불편하리라 생각했다.

□ 전혀 아니다(1점)	□ 아니다(2점)	□ 그렇다(3점)	□ 매우 그렇다(4점)

21. 가정을 떠나는 것이 독립할 수 있는 좋은 길이다.

□ 전혀 아니다(4점)	□ 아니다(3점)	□ 그렇다(2점)	□ 매우 그렇다(1점)

22. 나는 부모님 슬하에서 하루빨리 독립했으면 하는 생각이 많았다.

□ 전혀 아니다(4점)	□ 아니다(3점)	□ 그렇다(2점)	□ 매우 그렇다(1점)

23. 부모님과 자주 다투기보다는 안 보는 것이 상책이라 생각했다.

□ 전혀 아니다(4점)	□ 아니다(3점)	□ 그렇다(2점)	□ 매우 그렇다(1점)

24. 나는 자라면서 집을 나가고 싶은 충동을 많이 느껴왔다.

□ 전혀 아니다(4점)	□ 아니다(3점)	□ 그렇다(2점)	□ 매우 그렇다(1점)

25. 나는 자라면서 부모님과 별로 대화를 나누지 않았다.

□ 전혀 아니다(4점)	□ 아니다(3점)	□ 그렇다(2점)	□ 매우 그렇다(1점)

26. 내가 자랄 때 우리 가족은 각자 자기의 본분을 다했다.

□ 전혀 아니다(1점)	□ 아니다(2점)	□ 그렇다(3점)	□ 매우 그렇다(4점)

27. 우리 가족은 심각한 일이 있어도 가족 간에 금은 잘 가지 않았다.

□ 전혀 아니다(1점)	□ 아니다(2점)	□ 그렇다(3점)	□ 매우 그렇다(4점)

28. 가족 간에 말썽이 있어도 서로 상의해 가며 잘 해결해 왔다.

□ 전혀 아니다(1점)	□ 아니다(2점)	□ 그렇다(3점)	□ 매우 그렇다(4점)

29. 우리 가정에는 소리를 지르거나 주먹다짐을 하는 일이 드물었다.

□ 전혀 아니다(1점)	□ 아니다(2점)	□ 그렇다(3점)	□ 매우 그렇다(4점)

30. 가정에 어려운 일이 생겨도 부모님은 차분하게 잘 처리하셨다.

□ 전혀 아니다(1점)	□ 아니다(2점)	□ 그렇다(3점)	□ 매우 그렇다(4점)

31. 우리 가정은 대체적으로 화목하고 단란했던 편이다.

□ 전혀 아니다(1점)	□ 아니다(2점)	□ 그렇다(3점)	□ 매우 그렇다(4점)

32. 우리 가족은 각자 의견이 달라도 서로 존중해준 편이다.

□ 전혀 아니다(1점)	□ 아니다(2점)	□ 그렇다(3점)	□ 매우 그렇다(4점)

33. 나는 어릴 때 다른 가정에서 태어났으면 하는 생각이 들었다.

□ 전혀 아니다(4점)	□ 아니다(3점)	□ 그렇다(2점)	□ 매우 그렇다(1점)

34. 우리 가족은 사소한 문제 때문에도 잘 싸웠다.

□ 전혀 아니다(4점)	□ 아니다(3점)	□ 그렇다(2점)	□ 매우 그렇다(1점)

35. 부모님은 나를 낳았을 뿐 교육에는 별 관심이 없었다.

□ 전혀 아니다(4점)	□ 아니다(3점)	□ 그렇다(2점)	□ 매우 그렇다(1점)

36. 우리 가족은 서로에 대해 별 관심이 없었다.

□ 전혀 아니다(4점)	□ 아니다(3점)	□ 그렇다(2점)	□ 매우 그렇다(1점)

합계 점수 ＿＿＿＿＿＿＿ 점

합계점수에서 10점을 **빼주세요**. 그 점수가 대략적인 나의 분화 점수입니다.

나의 분화 점수 ＿＿＿＿＿＿ 점

분화 점수	해석
0-25점	가장 낮은 분화 수준
26-50점	낮은 수준의 분화 수준
51-75점	보통 수준의 분화 수준
75-100점	높은 수준의 분화 수준

(출처: 제석봉(1989). 자아분화와 역기능적 행동과의 관계: Bowen의 가족체계이론을 중심으로)

혹시 점수의 결과에 실망하셨나요? 다음 페이지를 꼭 읽어 주세요.

한 개인의 분화는 그가 원가족 즉 부모로부터 얼마나 정서적으로 분리되고 독립되었는가를 알려줍니다. 가족 치료학자인 보웬은 이 개념을 설명하면서 가장 분화된 상태란 완전히 지적 능력을 사용하여 행동하는 상태로 보았고 이 수치를 100으로 정했습니다. 반대로 완전히 감정적으로 반사행동을 하는 상태를 0으로 보았어요.

25점 이하의 가장 낮은 분화 수준을 가진 사람은 주위의 감정이나 반응에 민감하고 의존적인 특성을 보입니다. 사고와 감정을 구분하는 능력이 결핍되어 있다고 볼 수 있죠. 긴장이나 불안, 스트레스 상황에 적응하지 못하며 타인에게 심한 정서적 애착을 보입니다. 관계에 불만족할 경우 몸과 마음이 많이 힘들 수 있고 고통을 호소합니다.

50점 이하의 분화 수준을 가진 사람은 이성에 의해서 움직이기보다는 타인의 생각이나 행동에 더 많이 영향을 받습니다. 그래서 다른 사람의 인정과 지지를 통해서 자신을 확인하고 다른 사람과 융합되고자 하는 마음이 많다고 할 수 있습니다. 26점에서 50점까지의 범위이니 50점에 가까울수록 우리 주변에서 흔히 볼 수 있는 일반적인 사람이겠죠. 자기 신념이나 의견은 있으나 자아정체감이 분명하지 못하기 때문에 스트레스 상황에서는 타인에게 영향을 많이 받죠. 이렇듯 타인의 반응과 자신의 감정에 의해 관리되기 때문에 짜증을 내는 경우가 많게 됩니다.

그러나 분화 수준을 높일 수 있는 충분한 잠재능력이 있습니다.

51점에서 75점 이하의 분화 수준을 가진 사람은 정서적 체계와 지적체계 사이가 충분히 분화된 상태입니다. 사실 70점 정도의 점수도 분화 정도는 꽤 높다고 볼 수 있습니다.

지적체계가 충분히 발전했기 때문에 불안이 높은 스트레스 상황에서도 자율적으로 자기를 지키고 정상적으로 기능할 수 있죠. 자신의 역할에 따른 기능을 충분히 수행하고 독립적으로 의사를 결정할 수 있습니다. 분화의 지수가

50이 넘어서는 사람은 자기의 내적 확신으로부터 삶을 결정하게 되고 이러한 지적체계의 힘이 인생의 경로를 결정해 나가게 됩니다. 다른 사람과의 관계에서 갈등을 경험하고 스트레스 상황에서는 일시적으로 분화의 수준이 내려가지만, 시간이 지나면서 회복하게 됩니다.

76점 이상의 높은 분화 수준을 가진 사람은 현실적으로는 드물고 거의 완전한 성숙함을 나타냅니다. 높은 수준의 독립성을 가지고 살아가는 사람입니다.

다른 사람과 친근한 정서적 관계를 맺으면서도 확고한 자아 정체감을 유지해 나가며 자신과 타인의 신념과 가치를 있는 그대로 존중합니다. 그리고 목표지향적인 삶의 모습을 보이죠.

타인의 비난 혹은 칭찬이 자신의 사고에 아무런 영향을 주지 않는 완전한 독립성을 가지고 기능하는 상태이므로, 사실 개인이 이 수준에 도달하기는 쉽지 않다고 볼 수 있습니다.

100점은 불가능하지만 76점을 목표로 하는 건 가능하겠죠. 이미 76점 이상이신 분들이시라면 정말 부럽네요.

나는 현재 어느 정도의 분화 수준을 가지고 있나요?

각 구간의 범위가 좀 넓다 보니 같은 수준에 묶이더라도 개인 간의 차이는 분명히 있습니다.

조금 더 노력하면 다른 수준으로 올라 갈 수 있고, 혹시 지금이 스트레스 상황이라면 분화점수가 조금 더 내려갈 수도 있습니다. 그러니 너무 걱정하지 마세요.

분화라는 개념을 알고 인식하는 순간 여러분의 분화 수준은 서서히 높아질 가능성이 생긴 거니까요.

내가 나여서 좋다.

따라 써 볼까요.

생각이 달라도 괜찮아,

I am special, You are also special.

3장

나도 누군가를 사랑할 수 있을까?
: 2030의 친밀감

Erik Homburger Erikson

×

Life doesn't make any sense without interdependence.
We need each other, and the sooner we learn that,
the better for us all.

우리는 서로가 필요하며,
이를 빨리 깨닫는 것이 우리 모두에게 더 좋다.

Erik Erikson

인사동에서 생긴 일

×

작은 물건도 의미와 시간이 부여되면 보물이 되는 것처럼,
인간관계에도 시간과 의미가 필요하다.

각자 바쁜 우리 가족이 모처럼 서울에서 만나기로 한 가을의 어느 날, 과감하게 서울의 한가운데에 숙소를 잡았다. 전화만 하면 오라고 반겨주는 친정이나 시가의 부모님 몰래 인사동 호텔에 침대 3개가 있는 패밀리룸을 예약했다. 집 놔두고 왜 밖에서 자냐는 소리가 귀에 들리는 것 같았지만, 우리 가족만의 특별한 여행을 하고 싶었다. 생각해보니 서울에서 숙소를 잡고 머문 건 난생처음이었다. 인사동 한가운데에 이런 호텔이 있다니, 외국인으로 가득한 체크인 데스크에서 새삼 한류를 느꼈다.

아이들은 저녁때나 되어야 올 수 있다고 했고, 우리 부부는 숙소에 짐

을 넣고 동네 마실 가듯이 여유롭게 인사동을 걸었다. 유럽 여행을 갔을 때 도심의 어느 작은 호텔에 체크인 한 뒤에 후다닥 거리로 나섰던 것처럼, 그렇게 나선 인사동 거리에서 설렘을 느꼈다. 서울에 오면 익숙한 향기가 나고 반갑다. 설렘과 익숙함이 묘하게 어울리는 여행의 시작이 맘에 들었다.

천천히 거리의 작은 풍경에 마음을 주며 걷다가 한 화랑 앞에서 발길을 멈추었다. 커다란 화선지 위에 선으로만 이루어진 강렬한 그림에 눈길이 갔고 자연스럽게 안으로 들어갔다. 차분하게 흐르는 음악도 좋았고, 전시장에 걸린 절제된 작품들이 세련되면서도 아름다웠다.

전시장 벽에는 '누구라도 편안하게 둘러보시고 마음의 평화를 느끼시길 기도합니다.'라는 주인의 인사가 걸려 있었다. 예상치 못한 환대를 받는 것처럼 고마운 마음에 들어와 보길 잘했다고 서로 말하며 천천히 작품을 둘러보았다.

"그림이 너무 좋네요, 혹시 작가님이신가 봐요?"
우리가 건넨 인사에 중년의 작가는 반가움을 드러냈다.

"감사합니다, 천천히 둘러보세요. 원하시면 제가 작품설명을 좀 해드릴게요."

보고만 있을 때는 잘 몰랐던 작품의 의미가 작가의 설명을 통해 확연히 드러났고 우리는 듣는 내내 감탄했다.

그의 모든 작품은 전국을 돌아다니며 직접 보고 그린 탱자나무였다. 그래서 작품마다 '제주도 서광리 탱자나무', '허난설헌 생가의 탱자나무' 이렇게 고유한 이름이 있었다. 화선지에 먹의 농도를 조절해서 강렬하게 그린 작품을 아래층과 위층의 전시장을 오가며 보았고, 얼마의 시간을 보내고 난 뒤 드디어 생애 처음, 그림을 사기로 결정했다.

'내가 그의 이름을 불러 주었을 때 그는 나에게로 와서 꽃이 되었다.'라는 김춘수 시인의 고백처럼 인사동에서 남편과 나는 인생의 버킷리스트 하나를 달성했다. 유명 옥션의 컬렉터들이 보면 기도 안 차는 소박함이겠지만 우리에게는 큰 도전이고 성취였다.

여행지에서 물건을 산다는 건 단순한 거래가 아닌 관계를 맺는 일련의 과정이다. 눈으로 보고 마음으로 느끼고 몇 번을 망설이다가 문을 노크하는 것처럼, 나에게 여행의 의미가 될 수 있는 물건을 신중하게 찾는다. 유럽 어느 골목에서 산 작은 동전 지갑에는 인천공항에서부터 시작해서 다시 집으로 돌아오기까지의 시간이 담겨 있다. 작은 물건에도 의미와 시간이 부여되면 보물이 되는 것처럼 인간관계에도 시간과 의미가 필요하다.

예상치 못한 일과 관계에서 실망했던 시간, 그리고 거기에 부여했던 의미들이 쌓여서 친밀감은 형성된다. 에릭슨은 청년 시절의 심리발달 과업을 친밀감이라고 이야기하였다. 누군가와 친하고 가까운 느낌을 이야기하는 친밀감은, 설렘과 익숙함이라는 이질적인 두 섬을 이어주는 긴 다리와도 같다. 혼자서는 형성할 수 없는 상호의존적 관계에서 만들어지기에 사춘기의 혼란을 경험하고 난 후에야 찾아오는 친밀감은 더 빛나게 느껴진다.

저녁때가 되어 아이들을 만났고 설레는 마음으로 그림을 열었다. '와' 하는 탄성과 함께 아이들은 환호했고, 친구를 소개하듯이 그림에 대한 이야기로 열을 올렸다. 그림을 위해 전국의 탱자나무를 찾아다니는 작가 이야기에 아이들은 호기심을 보였다.

"그래서 이 그림 제목이 〈허난설헌 생가의 탱자나무〉야."
나의 설명에 아이들은 고개를 끄덕이며 그림을 자세히 살피더니 이렇게 물었다.
"여기 우리 아는 곳이잖아, 강릉 갈 때마다 들르는 곳 맞지?"

우리에게 건넨 그림을 위해 작가가 수없이 방문했을 강릉의 시간이 고

마웠다. 시간이 들어간 물건은 그래서 의미가 다르다. '허난설헌 생가 탱자나무'로 인해 오늘 처음 본 작가와 우리는 많은 시간을 공유한 것과 같은 친밀감을 느꼈다. 가격으로는 매겨지지 않는 감정들이 오고 갔고, 오랫동안 이 그림을 가까이 보면서 인사동의 시간과 친밀감을 꺼낼 수 있다는 게 기뻤다.

그림을 들고 나오면서 방명록에 이런 글을 남겼다.

"인생 처음, 그림을 사다. 2022. 11. 6."

성숙한 사랑의 문턱, 헌신

×

서로의 감정을 바라보기에는 내 삶이 너무도 바빴고 더 중요했다.
'내 안에 내가 너무도 많아 당신의 쉴 곳이 없다.'라는 가사처럼 말이다.

차가운 겨울과 연말을 보내고 신년이 되자 상담실에 새로운 내담자들
이 찾아왔다. 올해부터 미성년 자녀를 둔 부모가 이혼할 때는 의무적으
로 법원에서 상담을 받아야 하기 때문이다. 길거리를 지나다니면 평범하
게 만날 수 있는 사람들인데, 부부였기 때문에 경험해야 했던 아픔을 가
지고 상담실에 들어서는 것을 보면 여러 가지 마음이 든다.

이 부부가 서로의 이야기를 언성을 높이지 않고 이야기했을 때가 언제
였을까?

상담실에서의 1시간이 어찌 보면 이 부부가 싸우지 않고 마주 보는 '유

일한 시간'일 수도 있어서 진심을 다해서 각자의 이야기를 하게 하고 집중한다.

부부의 이야기는 서로 다른 서사로 펼쳐지는 게 대부분이다. 이야기에 등장하는 인물은 같은데 영 줄거리가 다르다. 같은 주제의 이야기를 하는 게 맞나 싶을 만큼 다르다. 그러나 알고 보면 이야기의 내용보다는 그때의 감정이 달랐기 때문에 문제가 된 것이다. 서로의 감정을 바라보기에는 내 삶이 너무도 바빴고 더 중요했다. '내 안에 내가 너무도 많아 당신의 쉴 곳이 없다.'라는 가사처럼 말이다.

은정 씨 부부는 법원에서 만난 내담자 중에 유독 기억이 남는다. 나이도 젊었고 부부가 함께 있는 분위기도 밝았고 이야기도 잘 통했다. 처음 부부를 만났을 때는 왜 이혼하려는 건지 선뜻 이해하기가 어려웠다. 동갑내기 부부와 몇 번의 상담을 하고 나니 보이는 게 있었다. 은정 씨 남편은 둘 사이의 관계에 대해서 이렇게 말했다.

"우리 부부는 뭔가를 할 때는 싸울 일이 없어요. 취미나 식성도 잘 맞고, 노는 거를 둘 다 좋아하니까 캠핑도 가고 모임도 잘 가죠, 술 마시는 것도 좋아하고. 잘 맞아요.

문제는 둘이 가만히 있을 때예요. 집에서 쉬기만 하면 싸워요. 계속 티

격태격하게 됩니다. 일하고 오면 어떨 때는 피곤하고 아플 때도 있잖아요? 주말에 쉬고 싶을 때도 있고. 그럴 때 집에 있으면 계속 싸우게 되는 거예요. 쉴 수가 없어요, 쉴 곳이 없다니까요."

이 말을 들은 아내는 금시초문이라고 했다. 피곤하면 그렇다고 말을 하지 왜 아무 말도 안 했냐고 물었다.

"내가 얘기했잖아, 좀 있다가 나가면 안 되냐고, 담번에 가자고도 얘기했고."
"제대로 얘기해야 알지, 그냥 장난처럼 하는 말이라 생각했지, 일단 나가면 나보다 더 잘 놀잖아. 무슨 생각을 하는지 제대로 말도 안 하고 있더니 이제 와서 뭔 소리야."

생각했던 것보다 부부 사이에 쌓인 감정의 골은 깊었다. 운동선수 출신이라 체력만큼은 자신 있던 남편이지만 때로는 쉼이 필요했다. 진절머리 날만큼 고된 운동의 기억이 몸에 익어서인지 아무것도 하지 않고 있을 때의 느낌이 어색했지만, 사실은 너무 좋았다. 소파에 누워서 눈을 감고 혼자의 시간을 가질 때 비로소 내가 쉬고 있다는 생각이 든다고 했다. 가만히 있는 걸 못 견뎌 하는 아내의 계속되는 독촉에 남편은 어느 순간

'난 아내에게 이해받지 못하는구나.'라고 생각했다. 그리고 결국은 고립의 길을 택하려고 했다.

에릭슨이 말하는 청년 시절의 친밀감은 공통적인 관심사에서 생기는 경우가 많다. 취미가 같거나 이야기가 잘 통하고 게다가 상대에게서 매력을 느끼게 되면 친밀감이 쌓여간다. 이성과의 관계에서 친밀감이 커지면 결혼을 통해 두 사람만의 확고한 관계를 만들고 최고의 친밀감을 누리고자 한다.

친밀감의 심리학적 안티테제 즉 대척점에 있는 것은 '고립'이다. 인정받지 못한 채 홀로 남겨지는 것에 대한 두려움을 고립이라고 말할 수 있는데, 친밀감을 형성한다는 것은 고립에 저항하는 무의식적인 행동이다. 청년기의 친밀감이 중요한 이유는, 친밀감이 축적되면서 사랑이라고 하는 상호헌신의 상호작용을 가져오기 때문이다.

은정 씨 부부는 자신들의 관계가 친밀감과 고립의 중간 즈음에 머문 채 그다음 단계로 나가지 못했다는 걸 알게 되었고, 그 후 부부는 꽤 많은 시간을 할애해서 관계를 점검했다. 회기마다 처음이자 마지막일 수도 있는 이야기를 나누고 서로에 대해서 알아갔다.

평범한 커플이든 법원 상담실에서 만나는 부부이든 상호헌신을 통해서만 들어설 수 있는 성숙한 사랑의 문턱에서 좌절하곤 한다. 각자의 사정이야 다 이해가 가지만, 각자가 아닌 부부로서의 새로운 정체감을 만들지 못한다면 더 이상의 친밀감은 어렵다.

수많은 이유로 각자의 길을 가는 부부들이 많다. 그러나 90세가 넘는 나이에도 서로에 대한 끈끈한 헌신으로 삶을 완성해가는 노부부의 영화는 친밀감과 사랑에 대해 생각하게 한다. 우리는 친밀감이라는 숙제를 통해 의미 있는 사람과의 관계를 맺게 되고 고마움을 표현하며 헌신의 단계로 넘어가게 된다.

빨래 끝, 숙제 끝 - 웃으며 헤어지는 부모와 자녀

×

그것은 부모에게 부여된 숙제와 같다.
그 숙제의 목적은 자녀가 잘 독립하도록 돕는 데 있다.

준호 씨 부부를 상담실에서 만난 때는 장마가 한창이던 6월 말이었다. 남편이 상담 신청을 하는 경우는 드물거니와, 평일 오전으로 예약을 요청했던 터라 어떤 분들일지가 궁금했다. 후텁지근한 날씨 때문에 아침부터 아이스 커피가 그리웠던 찰나에 문이 열렸다.

아이스 커피 석 잔을 손에 든 준호 씨 부부가 상담실로 들어왔고 반가운 아이스 커피와 함께 6개월간의 상담이 시작되었다. 함께 회계사무실을 운영하고 있다는 결혼 3년 차 준호 씨는 시부모 때문에 힘들어하는 아내를 보면서 고민하다가 상담실을 찾게 되었다고 했다.

신혼부부의 이혼율이 높아진 게 어제오늘 일은 아니지만 최근 들어서는 결혼 1년 이내에 이혼을 결정하는 경우가 많아졌다. 준호 씨 부부도 결혼 1주년이 조금 못 되었을 때 법원에 이혼 신청을 했었는데, 그 원인도 아내와 시부모와의 갈등이었다. 우여곡절 끝에 다시 살기로 하고 결혼생활을 유지하고는 있는데, 2년이 지난 지금 다시 위기를 맞은 것이다.

준호 씨의 부모는 두 분 모두 자식 교육에 열정적이었다. 공부하는 데 필요하다고 하면 거의 안 되는 게 없을 만큼 지원해 주었고 그 덕분에 준호 씨는 공부하는 게 어렵지 않았다고 했다. 대학에 진학할 때도 부모님의 권유대로 학교와 과를 선택했고 본인도 그 선택이 나쁘지 않다고 생각했으며, 전공에 대한 만족도도 높아 부모와의 관계도 더할 나위 없이 좋았다고 했다.

부모님에게는 3남매가 모두 전문직이라는 게 큰 자랑이었고, 부모님의 자랑이 된 게 준호 씨는 기뻤다고 한다. 부모님은 자녀의 배우자가 비슷한 직업을 가진 사람이기를 원했는데, 준호 씨도 그게 좋을 것 같았다. 같은 직업을 갖게 되면 부부 간에 대화도 잘 통하고 서로의 직업에 대한 이해도가 높으니 갈등이 생길 확률도 낮아질 것 같았다. 부모님의 바람대로 준호 씨는 같은 직업을 가진 지금의 아내를 소개받아 1년간의 연애 끝에 결혼했다.

준호 씨는 부모님과의 관계도 좋고 아내와의 관계에도 문제가 없으며

직업에 대한 만족도도 높았다. 단지 준호 씨의 삶에서 단 하나의 문제는
바로 아내와 부모님과의 관계였다.

자녀에게 있어서 부모는 위대한 존재이다. 아니 위대한 존재인 시절이
있다. 사춘기가 되기 전까지 부모는 그러하다. 자식은 부모로부터 사랑
받고 있다는 확신이 들면 세상을 향해서 자신 있게 발을 내디딘다. 나도
모르는 사이에 부모처럼 말하고 부모처럼 웃으며 부모를 닮아간다.

가스라이팅(심리 지배)이라는 말이 유행처럼 번지고 있다. 한 연예인
의 연애사가 사회문제로 대두되면서 회자된 말인데, 미국의 한 출판사에
서는 이 말을 2022년 올해의 단어로 선정하기도 했다.
가스라이팅이란 타인을 위한다는 명목으로 심리나 상황을 조작해 그
사람을 통제하고 조종하는 일을 말한다. 조종당하는 사람은 자기 스스로
를 의심하게 되고 상대에 의존하는 행동을 하게 된다. 가스라이팅은 연
인관계나 가정, 학교 등의 가까운 관계에서 이루어지는 경우가 많다. 가
스라이팅을 당하는 사람은 자존감과 판단 능력이 서서히 약화되기 때문
에 자기 자신이 가스라이팅을 당하고 있다는 사실을 인지하지 못한다.

이러한 가스라이팅은 가까운 가족 관계에서도 존재할 수 있다. 자녀를

가스라이팅하려는 의도를 가진 채 키우는 부모는 없지만, 자녀를 위하는 여러 가지 시도가 이러한 결과를 이야기할 수도 있다.

부모의 판단이나 행동이 나의 선택보다 훨씬 지혜롭다고 느끼게 되면 아이는 부모의 판단을 의지하게 된다. 이때가 중요하다. 자녀가 스스로의 생각과 판단을 시도하게끔 격려해야 하고, 부모의 판단이 항상 옳은 것은 아니라고 이야기해주는 게 필요하다.

자녀에 대한 견고한 틀과 부모의 양육은 반드시 필요하지만, 일정한 나이가 되면 부모가 만든 틀은 고무줄처럼 확장되고 점점 느슨해져야 한다. 그리고 자기 자신에 대해 다양하게 탐색하는 청소년기에는 되도록 부모는 영향을 적게 주어야 한다. 그래야만 미숙하고 부족한 판단으로 실패를 경험하더라도 자기 자신에 대한 비난이나 혼란 없이 스스로의 정체감을 쌓아갈 수 있다.

에릭슨은 청소년기의 자아 정체감이란 자녀에게 영향을 주지 않으려고 한 발 뒤로 빠지는 부모의 노력으로부터 시작된다고 말한다. 그리고 이런 노력은 자녀가 무사히 부모의 품을 떠나 타인과 친밀한 관계를 맺어가는 청년기의 과업을 이루어 갈 수 있게 도와준다고 했다.

그런 의미에서 볼 때 부모님은 너무 많은 영향을 준호 씨에게 끼쳤다. 특히 점점 멀어져야 하는 사춘기와 청년기 시절의 준호 씨에게 부모님은 여전히 밀접한 관계를 고수하며 영향을 끼쳤다. 그러다 보니 준호 씨는 몸은 독립했지만, 정서적으로는 완전한 독립을 이루지 못한 상태가 되어 버린 것이다.

결혼 후에도 많은 의사결정에 과도하게 영향을 주고받는 준호 씨와 부모님 관계는 아내가 보기에는 이상했다. 그러나 정작 준호 씨 본인은 부모님이 준호 씨의 삶에 과도하게 영향을 주고 있다는 사실을 인식하지 못했다. 아내로부터 당신과 당신 부모님과의 관계는 정말 이상하다는 말을 들었고 그때부터 시부모와 아내의 갈등이 시작되었다.

부모는 아버지와 어머니란 이름으로 자식을 키운다. 자녀가 성장하는 시기마다 아버지와 어머니는 그에 맞는 역할이 있으며, 그것은 부모에게 부여된 숙제와 같다. 그 숙제의 목적은 자녀가 잘 독립하도록 돕는 데 있다. 숙제를 잘 수행해야 자식이 독립하여 제대로 된 자신만의 인생을 살 수 있다. 그러나 어느 순간 관심과 염려라는 이유로 그 숙제의 방향이 잘못되게 되면 자식의 독립은 어려워지고, 준호 씨와 같은 상황을 맞닥뜨리게 된다.

부모는 눈을 뜨고 살펴야 할 때와 눈을 감아야 할 때가 있다. 눈을 감는다는 것은 관심이 없다는 것과는 다르며, 또한 사랑하지 않는다는 것을 의미하지도 않는다.

자녀는 독립적으로 살아가야 할 존재다. 부모의 품을 떠나야 자기만의 하늘을 날아갈 수 있다. 실패가 있더라도 그것 또한 그들의 몫이다. 자녀만 독립해야 하는 것이 아니라 부모도 자녀로부터 독립해야 한다. 어찌 보면 부모가 자녀를 놓아주지 않을 수도 있다.

사춘기와 청년기가 오묘하게 겹쳐지는 시기가 있다. 이때 다음 단계로 명확하게 올라서지 못하고 머뭇거리는 시간이 길어지면, 각자의 숙제가 뒤로 미루어지게 된다.

준호 씨 부부와의 상담은 부모님과의 관계를 하나하나 정리해 보는 시간이 되었고, 부모님의 조언 없이 부부가 결정하고 새로운 것을 시도하는 시간이 되었다. 그 시간은 자식으로서의 준호 씨 숙제를 마무리하는 시간을 의미했다.

'부모를 떠나 배우자와 한 몸을 이루라'는 성서의 금언은, 부모를 떠나지 못해서 배우자와의 관계에 어려움을 겪는 사람에게 '빨리 부모를 떠나라'는 메시지를 던진다.

'빨래 끝'이라고 말하며 환하게 웃으며 만세를 부르던 CF가 생각이 난다. 오늘부터라도 부모 숙제, 자식 숙제를 마무리해보자. 단계의 과업을 통해서 이 숙제가 얼마나 중요한 일인지 알 테니 말이다.

그냥 아는 사이입니다만 - 관계의 깊이

×

관계는 그 사람에게 나의 결이 어떤 것인지를 보여주는 것에서 시작한다.
상대방을 믿지 않거나 자신을 보여주지 않으면, 관계는 더 이상 발전하지 않는다.

지금은 정보의 홍수 속에 살고 있다. 정보뿐만 아니라, 사람과의 관계
도 홍수이다.

예전에는 현실에서 직접 만나는 사람과 관계를 맺었다면, 지금은 현실
뿐만이 아닌 가상의 세계에서도 많은 관계를 맺는다. 아무리 많은 정보
라도 나에게 필요한 정보가 아니라면 소용없는 것처럼, 아무리 많은 관
계도 친밀감이 없으면 관계로서의 의미는 찾기 어렵다. 많은 연구에서
불특정 다수와의 피상적 관계맺기 보다는 친밀감이 높은 특정된 사람과
깊은 관계를 맺는 것이 더 중요하다고 말한다.

〈한국은 처음이지〉, 〈비정상회담〉 등 외국인이 나오는 텔레비전 프로그램이 있다. 여러 가지 주제를 다루었지만, 그중에 외국인 패널이 '본인 나라에서는 어떤 사람과 인사를 하느냐?'를 묻고 이야기하는 내용이 인상적이었다.

미국 사람은 엘리베이터나 로비, 가게 등 장소에 상관없이 같은 공간에서 만나는 모든 사람에게, 설령 모르는 사람이라 할지라도 가볍게 인사한다고 한다. 그들에게 인사의 의미는 매너와 같은 것이다. 반면에 북유럽 사람은 같은 공간에 있어도 모르는 사람과는 인사를 하지 않는다고 했다.

우리나라는 어떨까? 안면이 있는 사람과는 인사를 나누지만, 낯선 사람을 만났을 때는 인사하지 않는 것이 보통이다. 집으로 올라가는 엘리베이터 안에서는 상대방을 몰라도 먼저 인사를 건네기도 하는데, 거기에는 이웃 주민일 수도 있다는 동질감이 있기 때문이다.

사람 사이 관계는 다양한 모습이다. 어떤 사람은 그냥 아는 사람이고, 어떤 사람은 친한 사람이다. 그것을 나누는 기준은 무엇이고, 경계는 어떠해야 할까? 인생을 살아가는 일이 어떻게 관계를 맺고 발전시키느냐 하는 과정일 수 있다.

우리는 태어나면서부터 관계를 맺기 시작한다. 그런데 몇 년간의 코로

나 시기는 어린아이가 관계 맺기를 배우는 데 어려움을 겪게 했다. 마스크를 쓰는 상황이 관계를 막 배워가는 아이들에게는 부정적인 요소로 작용한 것이다.

관계는 말로만 형성되는 것이 아니다. 표정도 중요한 몫을 한다. 그런데 마스크를 끼니 그 사람의 표정을 읽을 수가 없다. 어른도 문제겠지만, 관계 맺기를 막 배우기 시작하는 어린아이에게는 더 문제가 된다. 코로나 상황은 아이를 말도 느리게 만들고 인사하는 것도 서툴게 만들었다. 혹시나 관계 맺는 방식을 잘 배우지 못하는 건 아닌지 부모나 유치원 선생님들의 걱정이 많아졌다.

그렇게 중요하다고 강조하는 관계 맺는 방법은 어떻게 배우는 걸까? 라는 궁금증이 생겼다. 또한, 어느 정도 가까워야 친하다고 하고, 어느 정도를 그냥 아는 사람이라 말할까? 자주 만난다고 해서 꼭 친한 사이일지, 그렇다면 직장에서 매일 만나는 동료가 친하다고 말할 수 있을까? 만남의 빈도가 반드시 친함을 결정하지는 않으니 말이다.

관계의 시작은 그 사람에게 나의 결이 어떤 것인지를 보여주는 것에서 시작한다. 상대방을 믿지 않거나 자신을 보여주지 않으면, 관계는 더 이상 발전하지 않는다. 관계의 발전, 즉 친밀한 사이가 되려면 먼저 그 사람에게 나를 보여주어야 한다.

에릭슨은 사람의 초기 과업을 신뢰감이라 했다. 신뢰란 믿는 것이다. 상대를 어느 정도 믿느냐에 따라 관계가 깊어지기도 하고 깨지기도 한다.

나와 관심사, 사고방식 등이 어느 정도 맞아야 호감이 생긴다. 그런데 호감만으로 관계가 깊어지지 않는다. 신뢰감과 호감이 중복되고 쌓인 후에야 친밀한 관계가 형성된다.

그냥 아는 사이는 자기를 보여주지 않는 관계이며, 더는 친밀한 관계로 발전하기 어려운 관계이다. 나는 너를 믿지 못하겠다는 무언의 말이다. 나의 모습을 수용해주지 않거나, 자기를 보여주지 않는 사람과는 10년을 만나도, 친밀한 관계가 되기 어렵다.

로빈 던바 교수는 평생 친밀한 관계를 맺을 수 있는 사람의 숫자가 150명 정도라고 말했다. 물론 요즘엔 요즘엔 SNS 팔로워 수가 몇만에서 수십 만이라고 말하는 사람도 있다.

예전과 비교해 관계 맺기의 종류가 무척 다양해졌다고는 하지만 사람의 관계 총량은 한계가 있다. 본인이 아는 모든 사람들과 동일한 친밀감을 유지하기는 불가능할 뿐 아니라 관계 맺기가 가능한 사람의 숫자도 개인마다 다 다르다. 친구의 수가 한두 명이어도 진정성 있는 깊은 관계라며 충분하다고 말하는 사람도 있다.

사람의 관계를 나무의 나이테와 같은 동심원에 비유하기도 한다. 동심원 중심에는 자신과 가장 긴밀한 관계를 맺는 사람들이 놓여 있다. 맨 안쪽 나이테 색깔이 가장 진한 것과 같다. 그다음에는 서로 마음을 터놓는 긴밀한 사람들이 있고, 그다음에는 쉽게 만나는 친한 사람이 있다, 그 바깥에는 자주 보지 못하지만 보면 반가운 사람이 있으며, 그다음에는 그냥 아는, 인사만 하는 사람이 있다. 동심원이 중앙에서 밖으로 나갈수록 반경은 커지지만 색깔은 옅어진다.

관계는 명확해야 한다. 모호하면 힘들다. 동심원 맨 바깥에 있는 사람을 가운데 있는 사람처럼 대하면 결국 심리적으로 어려움이 생긴다. 현시대의 다양한 관계 스펙트럼 속에서 자신이 생각하는 관계에 대한 경계가 있어야 한다. 동심원 끝에 있는 사람이 관계를 지속하면서 내부로 옮겨지기도 하고, 내부에 있는 사람이 밖으로 이동하기도 한다. 의식적이든 무의식적이든 관계를 조정하려는 노력이 필요하다.

그런데 관계란 시각적으로 선명하게 보이는 것이 아니다. 이 사람은 친한 사람이고 저 사람은 친하지 않은 사람이라는 구분도 명확한 게 아니다.

그래서 관계가 어렵다. 관계가 변할 때 몸살을 앓게 되기도 하고 관계가 호전되면 즐거움을 맛보기도 한다. 관계의 성질을 결정하는 신뢰감,

친밀감, 사랑하는 마음이 자연스럽게 느껴져야 하며, 변화에도 유연해야 한다.

좀처럼 맺어지지 않는 관계 때문에 상담실을 찾아온 내담자가 있었다. 정식 씨는 직장에서 인정을 받으며 원만하게 생활하는 사람이었다. 그런데 외로움을 잘 느낀다고 했다. 동료들과의 친밀한 관계를 원하지만, 직장의 상황이 그렇지 않다는 것이다. 독립적으로 혼자 업무를 해야 하는 일의 성격은 하루 10시간씩 회사에 있어도 누군가와 이야기하기도 쉽지 않다고 했다.

정식 씨에게 관계 형성의 욕구가 충족될 수 있는 모임을 만들어 보기를 권유했다. 동료들과는 시간을 맞추는 게 어려우니까 다른 그룹을 생각했다. 정식 씨는 학창 시절에 마음이 맞았지만, 지금은 연락이 끊어진 친구들을 떠올렸고 오래지 않아 4명이 모이는 모임이 만들어졌다. 정식 씨는 직장에서 채우지 못한 관계의 욕구를 그 모임을 통해 해소했다.

하버드대학교에서 800여 명의 일생을 추적하여 행복도를 조사한 적이 있다. 그 결과 우정을 가진 사람이 행복감을 느낀다는 결론에 도달했다. 우정을 느끼는 대상이 있는 사람이 그렇지 않은 사람보다 더 행복감을 느낀다는 것이다.

살아가면서 수많은 사람과 관계를 맺는다고 하지만 사람에게는 친밀감의 용량이 있다. 어떤 사람과는 그저 아는 사람으로 지내고 어떤 사람과는 좀 더 긴밀한 관계를 맺으면서 우정을 나누며 살아가는 게 자연스럽다.

친밀함은 상대를 신뢰하는 데서 생긴다. 온-오프라인에서 수많은 사람을 만나지만, 만나는 사람의 수가 중요한 것이 아니라 얼마나 깊이 있게 만나느냐가 중요하다. 그리고 한 가지 더 중요한 것이 있다면, 관계에 진정성이 있어야 한다는 것이다. 진정성이 있어야 친밀감이 생기고 그 친밀감은 깊은 관계를 만들어준다.

이것도 사랑이 되나요?

누군가를 좋아하고 사랑할 때 드러나는 표현은 사람마다 차이가 있죠. 말로 표현하는 건 쑥스럽고 어려워하지만, 묵묵히 행동으로 도와주는 사람도 있고, 생일이나 기념일마다 빠지지 않고 꽃이나 선물로 마음을 전달하는 사람도 있고요. 함께 보내는 시간만으로도 행복해하는 사람도 있어요. 여러분은 어떻게 사랑을 표현하나요? 어떨 때 사랑받는다고 느끼세요?

게리 채프먼 박사는 이러한 친밀감의 표현을 '사랑의 언어'라고 이름을 붙였어요.

그가 결혼과 관계전문가로 40여 년간 상담하면서 알게 된 사실은 사람들이 사랑하는 방식에도 독특한 언어 체계가 있고 이를 통해 사랑의 감정을 전달한다는 것이었죠.

1992년 미국에서 처음 출간된 이래로 사랑의 언어에 대한 그의 저서는 큰 사랑을 받고 있어요. 나의 사랑의 언어를 알아야 상대에게 내가 원하는 걸 정확하게 전달할 수 있고, 상대방이 사용하는 사랑의 언어를 알게 되면 괜한 오해로 속상할 필요가 없어지겠죠?

책 속 작은 상담소에서 나의 사랑의 언어를 짐작할 수 있는 간단한 체크리스트를 제시해 드릴게요. 각 항목을 읽어보시면서 1순위부터 5순위까지, 순서를 매겨보세요.

자, 그럼 나의 사랑의 언어는 무엇인지 알아볼까요?

배우자나, 연인, 좋은 친구, 부모 등 자신과 가까운 소중한 사람들을 생각하면서 작성해보세요.

아래의 각 유형별로 나에게 중요하다고 느껴지는 대로 1~5순위를 매겨

보세요.

유형	순위
• 유형 A – 잘했다고 칭찬받으면 힘이 난다. – 멋있고 매력적이라는 말을 들으면 좋다. – 내가 소중하다는 말이 가장 큰 선물이다.	
• 유형 B – 함께 다니면 어디라도 행복하다. – 내 이야기를 귀 기울여 들어주면 좋다. – 같이 있는 시간이 가장 즐겁다.	
• 유형 C – 특별한 날 선물을 받을 때 사랑받는다고 느낀다. – 눈에 보이는 사랑의 상징이 아주 중요하다. – 선물을 받으면 그 삶의 특별한 마음이 느껴진다.	
• 유형 D – 필요한 도움을 받을 때 기분이 좋다. – 말보다 그 사람의 행동이 내게 더 중요하다. – 너의 일상적인 일을 도와줄 때 사랑 받는다고 느낀다.	
• 유형 E – 좋아하는 사람이 가까이 앉으면 좋다. – 따뜻한 포옹을 받으면 소중히 여겨지는 느낌이 든다. – 손을 꼭 잡아주면 안정감을 느낀다.	

(출처 : 게리 채프만, 『5가지 사랑의 언어』, 생명의말씀사)

게리 채프먼 박사가 발견한 사랑의 언어 5가지는 "인정하는 말", "함께하는 시간", "선물", "봉사", "스킨십"이에요. 각 유형과 맞추어 보면 다음과 같아요.

제일 높게 나온 항목이 내 사랑의 언어예요. 보통 2가지의 사랑의 언어를 사용합니다.

유형	언어
유형 A	인정하는 말
유형 B	함께 하는 시간
유형 C	선물
유형 D	봉사
유형 E	스킨십

여러분은 어떤 유형을 1순위로 선택하셨나요?

1순위로 매겨진 항목이 바로 여러분의 주로 사용하는 사랑의 언어예요. 사랑 표현의 모국어인 셈이죠.

1순위와 2순위를 고르기 힘드셨다면, 여러분은 익숙하게 쓰는 사랑의 언어가 두 개일 수 있습니다. 마치 두가지 언어를 사용하는 사람처럼 말이죠. 1순위나 2순위 모두 여러분이 사랑을 표현하는 중요한 도구가 됩니다.

더 자세하게 알아보고 싶으시다면 게리 체프만의 『5가지 사랑의 언어』를 참고해 보세요.

사람마다 혈액형이 다르듯이 사랑의 언어도 사람마다 달라요. 상대에게 호감을 가지고 표현할 때는 이솝우화에 나오는 두루미와 여우의 일화를 생각해 보세요. 여우를 좋아하게 된 두루미가 정성껏 음식을 만들어서 호리병에 담아주었지만, 여우는 호리병에 든 음식은 먹을 수가 없어요. 병 입구가 좁아서 입이 닿지 않기 때문이죠. 아무리 맛있어도 말이에요. 사랑의 언어도 이와 비슷해요. 사랑하는 마음이 아무리 크다고 해도 상대가 들을 수 있는 사랑의 언어로 표현을 해야 정확히 알 수 있습니다.

순위가 낮은 다른 언어들도 유심히 살펴보세요. 친구들이나 사랑하는 사람들이 그 언어로 사랑을 표현할 수도 있으니까요. 내가 상대방의 사랑의 언어로 말을 하게 되면 상대는 "아, 이 사람이 나를 이해하고 아끼는구나."를 느끼게 되고 시간이 흐르면서 더욱 강한 친밀감과 유대감이 생겨납니다.

상대방이 사용하는 사랑의 언어를 아직 모르시겠다고요? 배우자나 연인이나 친구, 부모와 함께 검사해 보세요. 그리고 각자의 사랑의 언어에 대해서 이야기 나누세요. 한층 더 깊게 상대를 알아갈 수 있답니다.

4장

어른의 삶은 오늘도 진행 중
: 4050의 생산성

Erik Homburger Erikson

×

The more you know yourself,
the more patience you have for what you see
in others.

스스로를 더 알면,
남들에 대해 더 많은 인내심을 가질 수 있다.

Erik Erikson

일기예보를 보는 이유

×

**어제와는 다른 새로운 나를 '만들면서'
생산성을 적립해 간다.**

"지금까지 날씨였습니다."

낭랑한 목소리의 일기예보 아나운서가 미소를 지으며 멘트를 마무리
하면 다시 화면은 메인뉴스로 돌아온다. 선심 쓰듯이 "이제 다른 거 봐."
라며 남편에게 리모컨을 건넸다.

신혼 초 남편은 뉴스를 보다가 일기예보가 시작되면 이내 다른 채널로
돌렸다.

그때마다 나는

"안돼, 일기예보 안 봤잖아, 내가 제일 좋아하는 게 일기예보야."

라고 말했다.

이렇게 여러 번의 실랑이 끝에 내가 좋아하는 일기예보 코너는 소중하게 지켜졌다.

일기예보 방송은 어린 시절 나에게 매우 강렬한 인상을 주었다. 독특한 억양을 가진 아저씨가 TV 화면 속에서 순식간에 둥그런 동심원을 여러 개 그리면서 고기압 어쩌구저쩌구를 설명했다. 그림을 그리는 손도 빠르고 말도 빨랐다. 화가 같기도 하고 배우 같기도 하고 선생님 같기도 했다.

결론 또한 항상 명쾌했다. 날씨가 어제보다 다소 춥다거나 비가 오거나 혹은 온종일 몹시 덥거나 등등. 내일을 미리 생각하고 상상할 수 있게 해주는 그 시간이 참 좋았다.

시간은 흐르고 언젠가부터 그분은 일기예보에서 사라졌다. 하나의 공연과 같던 강렬했던 그 코너는 젊은 오빠에서 젊은 언니로 바뀌었고 화려한 그래픽으로 대체되었다.

물론 여전히 나는 내일을 생각하고 상상하게 도와주는 일기예보 시간을 좋아하지만, 예전의 그 맛은 아니다. 빈 종이를 순식간에 채워가면서 내일 날씨를 알려주던 그 감동은 추억이 되었다.

성인기의 여러 활동은 생산성이라고 이름 붙여진 숙제를 위한 것이라고 에릭슨은 설명했다. 일하고 돈을 벌고 결혼하고 아이를 키우는 성인기의 여러 가지 행동은 이전 시기에는 없었던 새로운 것을 창조하는 행위라고 할 수 있다.

뉴스에서 들리는 많은 소식은 그 내용을 통해 내가 무언가를 하기에는 너무 큰 주제들이다. 세계 경제나 북한의 뉴스나 정치인의 행보를 나의 생산성과 연관 짓기는 도통 어렵다.

하지만 일기예보는 예외다. 1분간의 시간을 투자해서 내일 날씨를 상상하며 하루를 책임질 옷을 고르고, 갑작스러운 소나기에도 당황하지 않고 우산을 꺼내는 어른스러움을 뽐낼 수 있었다. 어제와는 다른 새로운 나를 '만들면서' (적어도 외양은) 생산성을 적립해 가게 된다.

일기예보를 위해 적잖은 전문가가 수고한다는 이야기를 접한 적이 있다. 얼마 전에는 기상청 예보관을 소재로 드라마가 만들어지기도 했다.

수많은 어른이 생산성이라는 숙제를 위해 노력하고 그 노력의 결과가 또 누군가에는 고귀한 과업을 채워가는 도구가 된다.

그렇기 때문에 가끔 일기예보가 틀려서 하루를 망치게 되더라도 분노하지 말자. 생산성이라는 성인기의 숙제를 이루어가면서 결국 인간은 배려라고 하는 덕목을 완성하게 되는 것이니 말이다.

내 애 한번 키워보시든가요

×

다시 정적이 흘렀고 구석에 앉아 있던
유독 주름이 많았던 한 분이 그 아버지를 쳐다보며 천천히 말을 건넸다.
"정말. 고생 많았겠네요."

　많은 내담자를 만났고 그들의 사연은 다 소중했다. 이혼 소송을 앞두고 만난 부부나 지나가다가 상담실을 무심코 들른 아주머니나 엄마 손에 이끌려 억지로 책상 앞에 앉은 아이 모두의 이야기는 다 의미가 있었다.

　"몰라요." 외에는 별다른 말이 없는 사춘기 아이와도 일단 맘이 통하면 한 시간 이야기하기는 쉽다. 가장 입을 열기가 어려운 사람은 초로의 가장이다. 억지로 상담실에 끌려온 그분들과는 첫 회기에 소위 라포 형성이라고 불리는 상담에 대한 믿음을 갖도록 하는 게 쉽지 않다. 대부분 부인이나 자녀의 상담 신청에 의해 만나게 된 터라 본인은 가정의 평화를 위해 억지로 오게 된 거며, 본인보다 나이도 어린 당신에게 할 이야기는 별로 없다는 티를 팍팍 낸다. 보통 심각한 게 아니다.

처음 수련할 때 지역 기관에서 자원봉사로 상담하면서 만난 초로의 내담자가 있었다. 열정만이 가득했던 초짜 상담가에게 그분은 남다르게 자신의 삶을 여과 없이 드러내 주었고 가족 간의 복잡하게 엉킨 실타래를 풀기 위한 노력을 아끼지 않았다.

본가 식구와의 재산 분쟁부터 자녀와의 갈등까지 단기간에 다루기 어려운 문제였음에도 불구하고 변하고자 하는 그분의 의지는 회기가 거듭될수록 강해졌고, 본인을 둘러싼 문제들을 피하지 않고 직면했다. 수년간 연락을 끊고 지냈던 동생에게 전화했고, 아들에게는 편지를 썼으며, 부인에게는 월급통장을 넘겼다. 누구에게는 일상인 행동이 이 내담자에게는 10년에 한 번, 혹은 평생에 처음인 사건이 되었고 가족은 변하기 시작했다.

무료상담 기관이었기 때문에 정해진 회차는 5회기였는데 마지막 회기에는 부인과 함께 상담실을 찾았고 상담 기간에 일어났던 많은 일에 대해 감격스럽게 이야기를 나누었다.

상담이 마무리될 때 즈음 부인이 가방에서 무언가를 꺼냈다. 가죽장갑이었다. 지난주에 본인이 쓰려고 남편과 함께 산 것인데 나에게 어울릴 것 같아서 주고 싶다는 것이다. 여러 차례 거절했지만, 결국은 내 손에 장갑이 끼워지는 것을 보고서야 그 부부는 상담실 문을 나섰다.

10여 년이 훌쩍 지났고 장갑 한 짝은 어디에서 잃어버렸는지 외톨이 한 짝뿐이어서 더는 낄 수 없게 되었지만, 겨울이 오면 여전히 서랍 속에 존재감이 있다. 그분들이 나에게 건넨 장갑은 계속 정진하라는 응원이고 격려였다.

그렇게 점점 경력이 쌓여갔고 어느덧 여러 가지 강의 스케줄로 바쁜 날들을 보내게 되었다.

가정폭력이나 학교폭력에 연루되어 가해자가 되면 의무적으로 교육을 받는데, 주로 부모교육의 형태로 이루어진다. 상담실에 오는 남녀의 비율은 여성이 월등하지만, 의무교육장에서의 성비는 좀 다르다. 유난히 고집스럽고 자기표현이 서투른 아버지들이 많고, 더구나 이런 의무교육에 오게 되어 단단히 화가 나 있다. 일촉즉발의 아슬아슬한 힘겨루기가 지나고 교육이 막바지에 다다르면, 그분들도 표정은 누그러지고 자녀에 대한 새로운 다짐을 하게 된다.

물론 예외 상황도 있다. 여전히 화가 나 있고 입장이 억울한 분들 때문에 항상 완벽하게 강의 효과를 내는 건 쉽지 않다. 강의가 제대로 안 되어서 조금 심란해지기도 하지만, 그런 불편한 교육장에서도 격려의 손길을 만난다. 쉬는 시간 자판기 커피를 건네주며 아이의 이야기를 조심스럽게 꺼내는 분도 있고, 오늘부터 변해보겠다며 소감문에 장문의 편지를 쓰는 분도 있다.

유독 강의 시간 내내 적대적이었던 아버지가 있었다. 고등학생 자녀의 학대 신고로 교육에 참여하게 된 분이었고 2시간 내내 한 번도 팔짱을 풀지 않았다. 대답도 없었고 웃지도 않았다. 쉬는 시간이 지나고 강의 후반부에 들면서 가장 해결하고 싶은 자녀와의 어려움을 돌아가면서 이야기하는 시간을 가졌다.

드디어 그 아버지의 차례가 되었고 1분간의 정적이 흐른 뒤에 비로소 그분의 입이 열렸다.

"내 애, 선생님이 한번 키워보시렵니까. 얼마나 힘든지, 한번 해보실래요? 방 안에서 한 발짝도 안 나옵니다. 1년 동안 말 한마디도 하지 않습니다."

붉어진 눈으로 한마디 한마디 힘을 실어서 말하는 아버지의 목소리에 강의실에 있는 모두 숨을 죽였다. 한참 정적이 흘렀고, 구석에 앉아 있던 유독 주름이 많았던 한 분이 그 아버지를 쳐다보며 천천히 말을 건넸다.

"정말. 고생 많았겠네요."

잠시 후 그 아버지의 눈에서는 눈물이 흘렀다. 작은 격려가 마음을 움직인 건지 그 이후 아버지는 팔짱을 풀었고 강의내용을 적기 시작했다. 강의를 마치고 난 뒤에 쪽지가 전해졌다. 한 번의 결심으로는 어렵겠지만 본인이 해왔던 행동이 자녀와 가족에게 어떤 영향이 있는지 알게 되었다며 감사의 말을 덧붙였다.

격려는 계속되어야 한다. 세상에 대한 신뢰감은 어린 시절에 형성이 되고 이후의 발달과정에 기초적인 영향을 끼치게 되는데 이후 삶의 모든 단계를 거칠 때마다 필요한 것은 격려이다. 특히 삶의 후반기로 접어들면서 본인도 모른 채 다양한 삶의 숙제를 해냈던 이들에게 필요한 것은 성적표가 아니라 '생각해보니 떠오르는' 크고 작은 격려일 것이다.

부부의 세계

×

어른이란 신중함과 보살핌, 그리고 관심을 실천하는 사람이다.
친밀감은 이러한 성인들이 발전시켜 가는 심리적인 단계이고,
친밀감을 바탕으로 생산성은 확장된다.

"무슨 일을 하시는지 여쭤봐도 될까요?"

"변호사입니다."

차 한 잔을 내어드리고 상담을 시작했다. 그 변호사는 이혼 과정에 있는 내담자였다. 법원에서 상담하다 보면 재판이혼이나 소년사건에 대한 의뢰를 받는다. 재판이혼 과정에서 판사의 판단에 따라 조정 조치가 이루어지기도 하는데 그때 각 법원에 속한 상담위원에게 상담 의뢰가 주어진다. 8회기 정도의 의무 상담을 진행하면 부부의 갈등 수위가 현저히 낮

아지는 효과가 있고 어떤 부부는 이혼에 대한 의사를 철회하기도 한다.

이혼 과정에서 자녀가 받을 피해를 최소화한다는 취지도 크기 때문에 아이에 관한 이야기도 많이 나눈다. 상담을 잘 진행하고 각자의 변호사를 통해 최종적으로 이혼을 결정하는 부부도 있지만, 상담 전과는 확연히 다른 분위기를 느낄 수 있다.

상담실에 온 부부에게 이혼하려는 이유보다는 왜 결혼했는지를 묻는다. 이혼에 대한 긴 이야기의 서막은 그때부터 시작되니까 말이다.

이 내담자에게도 결혼한 이유를 물었다. 남과 비슷한 이유로 결혼했다고 말했다. 사법고시에 합격하고 3년 정도 지난 뒤, 선을 봐서 결혼했고 평범하게 살았다는 대답에 다시 같은 질문을 던졌다. 부인과 결혼한 이유를 말해 달라는 같은 질문에 내담자는 한참을 망설였다.

에릭슨이 발견한 삶의 단계 중 청년기는, 자신이 누구인지를 알아가는 자아 정체감을 어느 정도 확립하고 난 뒤에 비로소 '친밀함'을 경험하게 되는 시기이다. 이성에게 열정과 호감을 느끼는 차원을 넘어서 '사랑'이라는 순전한 덕목을 이루기까지 청년기의 숙제는 지속된다. 친밀함이 사랑이 되고, 그 후에 결혼이라는 결정을 내리는 데에는 복잡한 과정이 숨어있다.

배우자를 선택할 때 우리의 뇌는 단순하지 않다. 얼굴도 보지 않고 집안끼리의 결정으로 결혼해서도 한평생 잘 살았다는 이야기는, 도대체 누구 입장에서 잘 살았다는 건지 따져봐야 한다.

배우자 선택에 관한 다양한 이론 중에 '이마고'라는 것이 있다. 이미지라는 말과 어원이 비슷하다. 어릴 적 부모와의 관계 혹은 의미 있는 양육자와 쌓았던 감정의 경험은 개인의 이마고를 형성하게 된다. 이성에게서 이런 이마고를 발견하게 되면 어디선가 경험했던 익숙함을 느끼게 되고, 이런 익숙함은 호감이 되어 두 사람을 가깝게 만들어준다. 물론 익숙해서 호감을 느끼기도 하고 낯섦에서 호감을 느끼기도 하지만 이마고를 체크해 보면 이 두 가지는 연결되어 있다.

자기 부모의 장점과 단점을 각각 열거해 보고 배우자의 장점과 단점을 적어 보면 놀랍게도 일치하는 항목들이 많다. 이마고가 배우자를 선택하는 데 일정 부분 역할을 하는 것을 보여준다.

그 내담자는 부인과 결혼한 이유에 대한 답을 한참 동안 찾지 못했었는데, 자신의 이마고를 점검하면서 왜 부인과 결혼했는지를 발견하게 되었다. 유난히 인색했던 아버지와 그 아버지를 평생 못마땅해하던 어머니의 모습에서 자기 이마고의 한 면을 보았다. 그리고 인색하지 않았던 부인에게서 어머니의 모습을 느끼고 무의식적으로 끌렸다는 것을 발견했다.

부부의 세계는 놀랍다. 같은 모습으로 살아가는 부부는 한 쌍도 없다. 영화의 제목처럼 각자의 방식으로 먹고 기도하고 사랑한다. 그러나 이 놀라운 세계는 두 명만이 만들어 가는 작품이 아니다. 특히 신혼 때는 어찌 보면 6명의 사람이 함께 사는 것과 마찬가지다. 남편과 그의 부모, 아내와 그녀의 부모 이렇게 6명은, 사이가 좋을 때는 잘 드러나지 않다가, 갈등의 불씨가 주어지면 그때부터 각각의 생각과 감정을 격렬하게 표현한다. 두 명이 싸워도 수습하기가 쉽지 않은데 6명이 각각의 목소리를 내다보니 해결이 쉽지 않다.

여러 회기의 상담하는 동안 남편은 자기가 기대했던 결혼생활이 어떤 것이었는지를 천천히 점검했고, 자기 생각을 과연 아내와 제대로 나누었는지도 이야기했다. 아내와의 상담도 몇 차례 진행했는데 그녀의 이야기에도 많은 서사가 담겨 있었다. 별거를 결정한 부부는 1년 뒤에 다시 결혼 생활에 대해서 얘기하기로 하고 상담실 문을 나섰다.

에릭슨은 성인이란 신중함과 보살핌 그리고 관심을 실천하는 사람이라고 말했다. 생산성은 이러한 성인들이 발전시켜 가는 심리적인 단계이고 청년기의 친밀감을 바탕으로 생산성은 확장된다. 그런데 결혼의 관계에 있음에도 불구하고 신중함과 보살핌 그리고 상대에 대한 헌신이 누락

되어 있는 경우가 많다는 생각이 든다.

상대에 대한 헌신과 배려를 생각하는 1년이 되기를 바라며 부부를 배웅했다.

동상이몽, 연휴를 부탁해

×

모처럼의 연휴나 명절은 동상이몽 그 자체다.
가족은 정서적으로 더 긴밀하게 연결되어 있어서
나와 생각이 다르다는 것을 받아들이기가 더 어렵다.

코로나가 온 세상을 덮치기 바로 전 해, 연휴에 인천공항이 터질 뻔했다는 뉴스를 접했다. 창사 이래로 가장 많은 사람이 몰려서 바깥에서 대합실로 들어가는 유리문이 열리지 않을 정도였다고 했다. 4시간 전에 공항에 도착한 지인이 간신히 비행기를 탔다는 후일담도 들었다. 연휴를 맞아, 가족 단위로 큰 비용을 들여서 특별하고 좋은 시간을 보내기 위해 해외로 떠났다. 민족의 대이동은 고향이나 고속도로를 넘어서 공항에서도 이루어졌다.

'싸우지 말아야 할 텐데….' 트렁크를 끌고 게이트를 지나가는 가족을 보면 솔직하게 드는 생각이다. 특히 요즘에는 어린아이들 동반하고 가족 여행을 가는 사람이 많아졌다.

1년 정도 장기상담을 받고 있는 정은 씨네도 그랬다. 아이가 두 돌이 되자마자 부모님과 함께 3박 4일 일본 온천여행을 계획한 정은 씨는 3년 만의 여행이 몹시 설레 보였다. 빽빽하게 짠 여행계획표를 보여주며 교토의 유명한 맛집을 다 다녀오겠다고 말했다. 산후우울증과 육아 스트레스로 상담받고 있던 터라 모처럼 들떠 있는 정은 씨의 모습이 새로웠다.

연휴 내내 공항의 모습은 자주 뉴스에 나왔고 그때마다 정은 씨의 여행이 궁금했다. 열흘 뒤, 예약 시간에 맞추어 정은 씨가 상담실에 도착했다. 정은 씨는 의자에 앉자마자 한숨을 내쉬었다.

"연휴는 어떻게 지내셨어요? 여행은 즐거우셨는지 궁금했어요."
"선생님, 말도 마세요. 완전히 망했어요."

일단 비행기가 움직이기 시작하면서부터 정은 씨의 아이는 내내 울었다고 했다. 아이를 달래고 주변의 눈치를 보느라 2시간이 어떻게 지나갔는지 정신이 없었고, 일본에 도착해서도 일정은 계획대로 흘러가지 않았다. 온천을 기대하셨던 부모님은 동네목욕탕 같다며 실망하셨고 며칠 동안 검색해서 찾아온 맛집은 줄 서느라 지쳤다. 일본의 정취를 느끼고 싶었던 남편은 계속 걷기를 원했고 아이는 다리 아프다고 칭얼댔다. 한참 동안 정은 씨의 이야기가 이어졌고 당분간 가족여행은 안 가기로 결론을 내렸다. 여행 가면서 무엇을 기대했는지 묻는 말에 정은 씨는 특이하고 맛있는 음식을 많이 먹어보고 싶었다고 답했다.

정은 씨의 부모님은 효능 좋은 온천에서 여유 있게 쉬기를 원했을 것이고 남편은 이국적인 일본을 만끽하며 트래킹하고 싶었을 것이다. 정은 씨의 세 살배기 아들은 엄마가 입혀 주는 옷을 입고 따라나섰지만, 동네 키즈 놀이터에 간다고 생각했을지도 모르겠다.

모처럼의 연휴나 명절은 동상이몽 그 자체다. 같은 상황에서도 다른 생각과 다른 예측을 하는 동상이몽은 각자의 생각과 입장이 다 달라서 생긴다. 가족은 정서적으로 더 긴밀하게 연결되어 있어서 나와 생각이 다르다는 것을 받아들이기가 더 어렵다.

일상생활에서 가족은 아침에 헤어졌다가 저녁때 만난다. 규칙적으로 해야 하는 각자의 바쁜 생활이 있고 야근이나 모임, 혹은 학원 스케줄 때문에 하루에 한 끼 식사를 함께하기도 어렵다. 자녀들이 커가면 일요일 아침이나 되어야 다 같이 얼굴을 볼 수 있다.

그러나 명절은 다르다. 꽉 막힌 고속도로의 좁은 차 안에서 온 가족이 대여섯 시간은 족히 보내야 하고 삼시세끼를 같이 먹어야 한다. 잠도 같이 자야 하고, 별다른 이벤트 없이 며칠을 보내야 한다.

부푼 마음을 가득 안고 떠났지만, 여러 날을 같이 지내다 보면 위기의 순간이 오고 아슬아슬 넘어가다가 결국은 폭발하게 된다. 동상이몽을 미리 생각하지 못한 결과다.

어른이 되어 가는 과정에서 심리적으로 성숙하게 되면 우리는 배려라는 덕목을 지니게 된다. 생산성이라는 심리·사회적 과업을 이루면서 얻어지는 보물 같은 성품이다. 수십 년에 걸친 성인기 동안 에릭슨의 과제를 이루어 갈 때, 이러한 배려는 곳곳에서 힘을 발휘한다.

상대가 무엇을 원하는지 물어보는 데서부터 배려는 시작된다. 정희 씨의 촘촘한 계획표에는 내가 원하는 것과 내 생각으로 가득 차 있었던 게 아닐까. 상대방이 원하는 것을 궁금해하는 것도 배려이다. 그리고 물어보면 비로소 알게 된다. 나랑 얼마나 다른지를.

가족은 내가 아니고, 자녀는 절대 나처럼 생각하지 않는다. 연휴가 시작되면 동상이몽이라는 네 글자를 꼭 생각하자.

사랑한다고 말하지 못했다

×

부모로부터 충분히 받지 못했더라도 이제는 괜찮다.
내가 스스로에게 "사랑한다."라고 말해주자.

지역에 있는 사회교육원에서 몇 년간 부모교육강좌를 진행했는데 주로 초등학생 자녀를 둔 엄마들이 강좌에 등록했다. 한 학기 수업을 진행하고 나면 수강생끼리 꽤 친해져 종강 날에는 계모임이 결성되기도 했다. 날이 좋을 때는 강의실을 벗어나 야외수업을 진행하기도 했다. 차로 십 분이면 바다가 있는 곳에 살던 때라 수강생들과 한 학기에 두세 번은 바닷가 카페에서 강의하고 이야기를 나누었던 기억이 새록새록 난다.

그날은 봄비가 내리던 날이었고 열 명 남짓 모인 수강생들은 곧 있을 경시대회 이야기를 하며 자녀들과 자잘한 에피소드를 나누었다.

"우리 애는 자기 누나랑 달라요. 고집이 얼마나 센지, 자기 하고 싶은 건 꼭 해야 한다니까요."

수업 시간마다 항상 아들에 관한 이야기로 질문을 하는 수강생이 있었다. 시작은 질문인데 끝은 자랑으로 마무리하는 엄마의 화려한 언변에 수강생들은 웃기도 하고 피식거리기도 했다.

아들 이야기가 이어졌다.

"그런데 선생님, 사람이 고집이 좀 있어야 하는 거 아닌가요? 보면 우리 아들은 자기 누나보다 뭐든지 다 잘하거든요. 그러니까 요구하는 게 있어도 웬만하면 들어주는 게 되는 것 같아요. 차별하지 말라고 하셨는데 이건 좀 다르지 않나요?"

수강생의 질문에 옆자리 엄마가 바로 대답했다.

"차별 맞지 그게."

질문을 하자마자 거의 동시에 나온 대답에 수강생들 모두 웃었고 질문을 한 수강생도 답을 예상했다는 듯이 웃었다.

아들 이야기를 할 때 나오는 그 수강생의 표정은 너무나도 다채로운데 한마디로 말하자면 사랑스러움이 가득한 얼굴이다. 아들을 호칭할 때도 항상 "우리 민이는."으로 시작했다.

사람은 말을 할 때 자기의 표정을 보지 못한다. 자신의 감정이나 생각이 고스란히 얼굴에 나타난다는 것을 인식하지 못하지만 자연스럽게 드러나게 된다. 특히 자녀 이야기를 할 때 나오는 표정을 보면 그 아이에 대한 마음이 어떤지를 짐작할 수 있다.

당당하게 자기의 필요를 요구하는 건 인간의 타고나 본능이다. 할 수 있는 게 아무것도 없이 전적으로 부모에게 의존하여 목숨을 부지하는 갓난아이는 배고프면 울고, 불편해도 울고 잠이 와도 운다. 당장 기저귀를 갈아주어야 하는데 이를 눈치채지 못한 초보 부모가 젖병을 물리면 아기는 더 크게 운다. 마치 내가 원하는 걸 네가 알아차리지 못하느냐고 호통을 치는 것 같다. 적반하장 같은 자기주장에 부모는 안절부절못하고 맞추어 준다. 이런 제왕적 권위를 가진 자기주장은 아이가 말을 하기 시작하고 부모와의 사회생활에 접어들면서 서서히 변화한다.

아이 이야기와 발달단계에 대해 교육을 하고 그날의 강의를 마치기 전에 한 가지 순서를 더 가졌다.

"오늘은 나 스스로에 대한 인사의 시간을 가져보겠습니다. 자, 팔을 가슴 앞에 엇갈려서 놓으시고요, 나를 토닥토닥해준다고 생각하시면 되겠습니다. 생일 축하 노래 다 아시죠?"

"선생님 생일이세요?"

낯선 순서에 수강생들은 어색해했다.

"생일 아니고요, 생일 축하 노래에 가사를 바꾸어 볼게요."

나를 사랑합니다.

나를 사랑합니다.

사랑하는 ○○○, 나를 사랑합니다.

누구나 아는 곡조에 금방 외울 수 있는 가사를 넣어 만든 노래를 부르자는 제안에 수강생들은 웃기도 하고 부끄러워하기도 했다.

"자 시작합니다. 나를 사랑합니다."

30초가량 되는 그 노래를 부르는데 민이 엄마의 표정이 심상치 않았다. 노래가 끝날 때까지 가슴에 손을 얹은 채 가만히 있는 것이다. 노래를 다 부르고 나자 민이 엄마의 눈에는 눈물이 그렁그렁해졌고 결국은 울음을 터뜨렸다. 모두 당황했고 나 또한 놀랐다.

건강한 자기애나 자존감은 유아기 초기 부모와의 관계에서 형성된다. 제왕적 자기주장에 부모가 어떻게 반응해 주었느냐에 따라서 아이는 세상을 믿을 만한 곳으로 생각하게 된다. 믿을 만한 세상이라는 확신이 들면 아이는 상황에 맞는 자기주장을 연습하고 주장이 좌절되더라도 자존감과는 별개로 좌절을 받아들이게 된다.

영국의 정신분석가이자 의사였던 도널드 위니컷은 아이의 건강한 자기애나 자존감은 유아 초기 부모와의 관계에서 만들어진다고 이야기했다. 그리고 부모는 일관성 있는 태도, 안아주는 스킨십 등 아이의 요구를 적절하게 충족시켜 주는 반응을 해야 한다고 말했다. 그러나 유아의 반응을 무시하거나 부모 맘대로 대하게 되면 이런 거부의 메시지는 고스란히 부모의 얼굴을 통해서 전해지고, 아이는 자기 스스로에 대해 '나는 사랑받을 가치가 없어.'라는 자기암시를 갖게 된다. 신뢰감이라고 하는 유아기의 과업이 위기에 처하게 되는 것이다.

민이 엄마는 부모에게 무언가를 요구해본 기억이 없다고 했다. 그래야만 된다고 생각했고 오히려 아무런 요구를 하지 않을 때 부모로부터 칭찬을 들었다고 했다. 아들을 원했던 부모님에게 자신의 존재는 없는 것처럼 느껴졌을 것이다. 한동안 울다가 털어놓은 민이 엄마의 이야기에 다들 숨죽였고, 항상 아들 자랑으로 시끄러웠던 민이 엄마의 낯선 모습에 숙연해졌다.

"나를 사랑한다는 말을 못 하겠어요. 너무 어려워요. 그 말이 입에서 안 나와요."

자기주장을 잘하는 아들의 모습을 보며 민이 엄마는 이유를 알 수 없는 대리만족을 느꼈을 것이다. 그런 아들의 모습이 오히려 사랑스럽고 자랑스러웠던 민이 엄마는 아들 민이가 사실 자기가 바랐던 어린 시절의 모습이라고 생각했다.

그다음부터 수업을 마칠 때마다 "나를 사랑합니다."를 연습했다. 한 주, 두 주 지나가면서 민이 엄마도 그 노래에 익숙해졌다. 종강을 앞두고 민이 엄마는 이런 이야기를 했다.

"이 노래가 처음에는 너무 어려웠어요. 나를 사랑한다는 게 도대체 뭔지…. 이제는 이 노래를 부를 때 마음이 좀 편해져요. 지난주에는 딸아이랑 같이 이 노래를 불렀어요. 잘 따라 하더라고요. 고마운 마음이 들었어요. 혹시나 딸이 나처럼 이 노래를 어려워하면 어쩌나 걱정했거든요."

자신에게 사랑한다고 말하지 못하는 이유는 여러 가지가 있지만 연습하면 나아진다. 어른이 되어서의 좋은 점은 나의 부모도 그들만의 이유가 있었으려니 생각하게 된다는 것이다.

부모로부터 충분히 받지 못했더라도 이제는 괜찮다. 어른이 된 지금, 내가 스스로에게 "사랑한다"라고 말해주자.

모국어가 예쁜 사람

×

말을 예쁘게 하는 사람을 만나면 함께 있는 시간이 따뜻하고 평온하지만,
말이 거칠거나 상대를 무시하는 말을 하는 사람과는 대화를 이어가기가 불편하다.

"자 그럼 시작합니다, 준비되셨죠? 설명해주세요!"

아나운서의 지시에 따라 칠순이 훌쩍 넘은 노부부가 스피드퀴즈를 시

작했다. 할아버지가 제시어를 설명하고 할머니가 맞추는 차례였는데

"시작!"

이라는 말을 듣자마자 할아버지는 다급한 목소리로 설명을 시작했다.

"임자랑 나를 뭐라고 그래? 내가 당신이랑 뭐야?"

할아버지의 설명을 듣더니 할머니는 고개를 갸웃했다. 무슨 말인지 도

통 모르겠다는 표정을 짓자 할아버지는 다시 설명했다.

"사람 답답하네, 왜 이 쉬운 걸 못 알아들어? 자네랑 나 같은 사이를 뭐라고 하냐고."

이걸 왜 못 맞추느냐며 답답해하는 할아버지의 설명에 할머니는 입을 열었다.

"웬수!"

할머니의 거침없는 대답에 진행자와 패널들 모두 웃음을 터뜨렸다. 당황한 할아버지가 말을 이어갔다.

"뭔 말이여, 아니 이렇게 평생 산 거를 뭐라고 하냐고!"

호통치듯이 다시 묻는 질문에 할머니는 버럭 소리를 질렀다.

"평, 생, 웬, 수!!!"

얼마나 웃었는지 스튜디오가 초토화될 지경이었다. 할아버지는 무안한 듯 할머니를 연신 타박했고, 할머니는 그런 할아버지를 외면하면서 자기의 대답이 당연하다는 듯이 당당했다. 천생연분이라는 제시어가 평생 원수로 탈바꿈하는 현장을 직접 보면서 많이 웃었던 기억이 잊히지 않는다.

말에는 표정과 느낌이 있다. 마치 살아 있는 것처럼 상황을 재창조하고 분위기를 바꾼다. 말을 예쁘게 하는 사람을 만나면 함께 있는 시간이 따뜻하고 평온하지만, 말이 거칠거나 상대를 무시하는 말을 하는 사람과는 대화를 이어가기가 불편하다.

부부관계를 연구한 존 가트맨 박사는 부부의 대화에 세 가지 종류가 있다고 했다. 다가가는 대화와 멀어지는 대화, 그리고 나머지 하나는 원수 되는 대화이다.

그리고 부부가 대화하는 것을 3분 정도만 관찰해보면 이 부부가 미래에 이혼할지 말지를 90% 정도 예측할 수 있다는 연구 결과를 발표하기도 했다.

'서로 말한다'는 것을 대화라 한다. 우리나라 부부들은 '멀어지는 대화', '원수 되는 대화법'에 익숙한 것 같다. 무관심하거나 혹은 상대방의 말에 대꾸를 안 하는 등 멀어지는 대화를 하다가, 다음은 서로를 비난하거나 탓하는 원수 되는 대화로 발전하기 시작한다. 상담실에 오는 부부의 대화를 잘 들어보면 멀어지는 대화와 원수 되는 대화가 대부분이니 가트맨 박사의 연구 결과는 일리가 있다. 이렇게 상대를 공격하고 내 탓이 아니라는 대화는 몸과 마음의 거리를 넓혀서 각 방으로 부부를 내몰게 하는 원인이 된다.

배우자를 만날 때 모국어가 예쁜 사람을 고르라는 유명 강사의 말을 들었다.

'모국어가 예쁜 사람'이라, 참 적절한 표현이라는 생각이 든다. 사람의 언어습관은 하루아침에 형성되지 않는다. 어려서부터 부모가 해왔던 말의 습관, 집안의 분위기, 가족끼리 나누는 대화의 패턴을 통해서 서서히 시간이 걸려서 완성된다.

인간은 사회적 존재이므로 학교에 가거나 사회생활을 하면 그 문화에 맞는 사회적 언어를 배우게 되지만, 모국어처럼 자신에게 편하고 익숙한 말은 없다. 외국에 나가서 가장 긴장되고 불편할 때는 공항에서 쉼 없이 나오는 안내방송이 귀에 잘 안 들릴 때이다.

온통 외국어로 쓰인 표지판도 힘들게 하지만, 시시각각 변하는 공항 상황을 알려주는 영어방송은 귀를 쫑긋하고 온 정신을 집중해도 알아듣기가 어렵다. 십 년 넘게 영어 공부를 해도 어렵긴 매한가지라며 자괴감마저 들 무렵 "빨리 오세요, 이쪽입니다." 저 멀리서 들리는 한국말에는 거의 자동으로 반응이 되면서 고개를 돌리게 된다. 모국어란 이런 것이라는 걸 뼈저리게 느끼며 헛웃음이 나온다.

요즘에는 내비게이션이 워낙 잘 되어 있기에 운전하면서 길을 못 찾고

헤매는 경우가 많이 줄어들었다. 예전에는 어떻게 길을 찾아다녔는지 상상하기 어려울 만큼 지금은 운전자에게 내비게이션은 필수다. 10년 전까지만 해도 내비게이션이 일반화되지 않아 지도책을 보고 길을 찾기도 했고, 운전하다가 창문을 열고 도보로 지나가는 사람에게 길을 묻는 일이 다반사였다.

여름 휴가철에 낯선 동네로 가려고 하면 한두 번쯤은 갈림길에서 머뭇거렸고 차를 세우고 동네 슈퍼나 부동산에 들러 길을 묻고 방향을 바꾼 경험이 있다.

이런 당황스러운 시간에 부부는 서로의 익숙한 언어습관에서 나오는 모국어로 대화를 나눈다. 모처럼의 휴가가 위기를 맞는 절체절명의 시간이 되기도 한다.

"이 길이 아니래. 아까 갈림길에서 왼쪽으로 가야 한다고 하네."

동네 주민에게 길을 전해 듣고 차로 돌아온 남편에게 아내는 한마디를 던지게 된다. 이때의 한마디가 그날 하루, 혹은 3박 4일의 휴가가 어떤 추억으로 남을지 분위기를 결정짓는다는 걸 아는지 모르겠다.

"그래? 다행이다. 조금만 돌아가면 되네. 물어보길 잘했어."

이 아내는 모국어가 예쁜 사람이다. 그러나 모국어가 예쁘지 않은 사람은 이렇게 말을 건넨다.

"그치? 봐봐. 내 말이 맞잖아, 하여간 당신은 그 고집이 문제야, 매사에 그래. 내 말 좀 들으면 어디가 덧나나? 이제 한참 돌아가게 생겼네, 날도 더운데."

이 아내의 모국어는 칭찬하기 어렵다. 오히려 싸움의 시작을 알린다.

"무슨 소리야. 여기서 왜 고집이 나와?"

이 정도 되면, 남편의 기분이 상하게 되고 그 상한 감정은 고스란히 아내에게 다시 전달된다. 모처럼의 여행이 망쳐지는 순간이다.

결혼생활에 접어든 성인은 매일 매일 무언가를 창조하는 시간을 경험한다. 결혼생활이 아니더라도 동료나 친구와의 관계를 통해서 추억이 쌓이고 경험이 축적되며 청년기와는 다른 성장을 경험하게 된다.

부부가 함께 만들어 가는 시간을 통해 각자의 모국어가 다듬어지기도 하고 상대를 통해 새로운 소통의 언어를 배우기도 한다. 또한 이렇게 만들어진 모국어는 자연스럽게 아이들에게 전해진다.

"빛이 있으라 하시매 빛이 있었고…." 창세기 처음에 나오는 구절처럼 우리의 말에는 능력이 있고 창조의 힘이 있다.

　주변을 한번 둘러보고 모국어가 예쁜 사람 곁에서 그 말을 조금씩 따라 해보자. 안 되면 클래식 방송을 진행하는 라디오 아나운서의 말도 좋겠다. 아이가 한마디 한마디 따라 하듯이, 어른이 된 지금도 그렇게 따라 하다 보면 새로운 모국어가 자연스럽게 익숙해질 때가 올 것이다.

남에게만 친절한 금자씨

×

수고가 많았다고 서로가 감사해야 함에도 불구하고
바쁘게 돌아가는 삶은 그 중요한 '통과의례'를 생략했다.
의미를 찾는 것은 중요하다.

"네, 네. 그럼요. 네 괜찮습니다. 다음에 뵙겠습니다."

금자 씨는 상냥한 목소리로 전화를 끊었다.

"아휴, 죄송합니다. 급한 전화라 받았네요."

상담 중에 계속 진동으로 울려온 전화를 급하게 받은 금자 씨는 미안
하다고 연신 말했다. 남편과의 갈등으로 일주일에 한 번씩 상담을 받는
금자 씨는 아는 지인이 많다고 했다. 평소에도 전화 통화하다 보면 하루
가 다 간다고 얘기하는 정도였다, 상담실에 들어올 때도

"그래요, 끊습니다."

라고 말끝을 올리며 전화를 마무리하고 들어왔다. 상담 중에 전화 받는 경우가 거의 없던 터라 자연스럽게 통화 이야기가 이어졌다.

"가족분들하고도 전화를 자주 하시나요?"

"아뇨, 나이 환갑이 다 돼가는데 가족하고 통화할 일이 뭐가 있어요. 궁금할 일도 없고, 집에서 보는 것도 지긋지긋해요."

"자녀분들과도 통화를 하지 않으시나요?"

"애들도 자기들 아빠 닮아서 영 정이 없어요, 전화하면 싸우게 되고 아예 안 하는 게 나아요."

전화하면서 환하게 미소 짓던 조금 전의 얼굴과는 달리 가족 이야기가 나오자 금방 표정이 어두워졌다.

2남 1녀인 자녀들은 독립해서 서울에서 직장을 다니고, 남편과 둘이 지내는 금자 씨는 주변 지인의 소개로 상담실을 찾았다. 남편과 거의 2년째 말을 안 하고 지낸다는 금자 씨는 막내가 서울로 이사 간 직후부터 남편과의 사이가 더 안 좋아졌다. 주변 사람 누구하고도 싸워본 적이 없는데 가족과 있으면 자기가 마치 다른 사람이 된다고 했다. 금자 씨는 집

현관문 앞에만 서면 화가 난다고 했다.

'엄마는 다른 사람한테만 친절하잖아.' 아이들이 늘 이야기했다. 무뚝뚝한 남편은 금자 씨를 쳐다보지도 않았다. 그런 말을 들을 때마다 금자 씨는 속상하고 화가 났다.

"남들은 전화로 안부만 물어줘도 고맙다고 얘기하는데, 자식이나 남편은 평생 살림하고 키웠어도 고맙다는 말을 안 해요"

금자 씨는 억울했다. 자신을 인정해 주지 않는 가족이 미웠고 일부러 쌀쌀맞게 굴었다. 30년간의 결혼생활이 의미 없게 느껴졌고 집에 와서는 남편에게도 입을 닫기 시작했다.

에릭슨이 말한 성인기의 생산성은 다양한 영역에서 능력을 발휘하게 된다. 자녀를 낳고 키우는 것 역시 인간에게는 대단한 생산성의 발로이다. 무능력의 결정체였던 갓 태어난 유아를 사회에 속한 구성원이 되도록 기르고 가르치는 일은 엄청난 에너지와 노력이 필요하다. 그렇게 부모와 사회의 도움으로 아이들은 자라고 결국은 독립한다. 수십 년을 쏟아붓듯이 삶을 나누었기 때문에 그 이후로 찾아오는 자녀의 독립은 마땅히 축하하고 축하받아야 할 일이다. 애썼고 수고가 많았다고 서로가 감사해야 함에도 불구하고 바쁘게 돌아가는 삶은 그 중요한 '통과의례'를 생략했다. 자녀의 독립 이후에 삶의 의미를 상실한 중년의 위기가 오게 되는 이유이다. 자녀가 독립하면서 엄마에게 감사하다고 말해주거나, 남편이 수고했다고 말해주었다면, 그렇게 쌀쌀하게 대하지 않았을 것이다. 누군가가 인정해 주지 않은 것이 의식적이든 무의식적이든 섭섭했던 것이다.

생산성은 단순히 무언가를 만들어내는 능력만을 지칭하는 것은 아니다. 세대를 지나 삶에 대한 의미를 만들어내고 돌려주는 능력을 말한다. 의미를 찾는 것이 인간이 가진 얼마나 큰 능력인지 빅터 플랭크는 그의 저서 『죽음의 수용소에서』를 통하여 우리에게 말한다. 생명을 가진 모든 것을 파괴했던 잔혹한 아우슈비츠에서 실존의 의미를 발견하고, 이것이 고난을 어떻게 이기는지를 설명한 그는, 어떠한 존재에도 살아가는 의미가 있다고 했다.

가족은 살아 있는 생명체이기 때문에 한 명의 변화는 다른 가족에게 반드시 영향을 끼친다. 누가 먼저 변화하는지가 관건이지만 쉽게 말하면, 먼저 알게 된 사람이 변하면 된다. '왜 내가 먼저 변해야 하는 건데' 하고 억울해하는 건 어리석다. 성인기에도 멈추어 있지 않고 계속 생명력 있게 움직일 때 에릭슨이 이야기하는 생산성은 완성되어 간다.

자기 자신과 인생 그리고 내 주변의 사람에게 눈을 돌릴 때 변화는 생겨날 수 있다.

금자 씨에게 숙제로 하루 한 개씩 감사한 일을 땡큐 노트에 적어오도록 했다. 한 달쯤 지나서였을까 친구들이나 자연에 대해 감사함을 적던 금자 씨의 노트에 가족 이야기가 처음으로 등장했다.

'가족들이 씩씩해서 감사하다.'

그 이후로 금자 씨의 땡큐 노트는 가족의 이야기로 채워졌다. 자녀 이야기를 나누며 울기도 했고 무뚝뚝하지만 성실한 남편 덕분에 삶이 고단하지만은 않았다고도 적었다.
'남에게만 친절했던 금자 씨'는 이제 '남에게도 친절한 금자 씨'가 되어 남편에게 전화하며 상담실을 나섰다.

"당신 점심 먹었어요? 난 지금 상담 마치고 나가는 길이에요."

남편에게 전화하는 금자 씨 얼굴이 환했고 덕분에 나도 슬쩍 남편에게 전화를 걸어볼까 생각이 들었다.

"변화는 항상 가능하다."

의미를 찾는 것은 중요하다. 중년 이후가 되면 무언가 새롭고 낯선 경험을 만들어내는 게 쉽지 않다. 대신에 의미를 찾는 일은 다르다. 감사한 것을 하나씩 짚어보다 보면 원망스럽게 뭉텅 그렸던 사건 중에서도 특별함을 찾을 수 있다. 금자 씨는 하루하루 땡큐 노트를 적으면서 가족에 대한 감사와 삶에 대한 의미를 찾게 된 것이다.

땡큐 노트를 적는 것은 자신의 인정욕구를 스스로 해결해 가는 과정이며, 너무 익숙해서 잊고 있었던 감격을 발견하는 시간이다.

일주일만 써 보면 알게 된다, 자신의 하루가 기적이라는 것을.

라라랜드여 영원하라

×

다르면서도 비슷하고, 닮고 싶으면서도 가끔은 눈을 감아야 하는 그런 만남이 결성된 것이다.
그래도 삶의 긴 여정에서 우정은 소중하다.
이름은 다르지만, 라라랜드는 누구에게나 있다.

언제부터였는지 정확하게는 기억이 나지 않지만, 우연한 만남을 지나 한번 두번 인사를 하고 그러다가 가까워지는 사이가 있다. 우연이 인연이 된다는 말이 딱 그렇다. 학창 시절, 등굣길을 매일 함께했던 친구들도 생각해보면 그 시작이 참 오묘했다. 새 학기 첫날 어색함을 이기고 분명 둘 중 한 사람이 말을 걸었을 테고, 찰나의 미묘한 긴장감을 극복하고 그 말에 반응하면서 단짝생활은 시작되었을 테니 말이다.

"너 친구 많아?"

3월 새 학기의 어느 첫날, 이렇게 말하며 다가오던 친구도 있었다. 마음을 설레게 했던 짧고 긴 만남조차도 영화처럼 강렬한 후광과 함께 등장한 때도 있고 그냥 스며들듯이 다가올 때도 있었다.

몇 번을 봐도 질리지 않는 드라마 이야기를 해야겠다. 한 골목에 사는 다섯 가족의 일상을 아이들의 성장과 함께 그려낸 〈응답하라 1988〉 말이다. 아내와 사별한 뒤에 삶의 의욕을 놓아버린 택이 아빠에게 서울로 간 친구가 전화를 한다. 아이 데리고 자기가 살고 있는 동네로 이사 오라는 전화였다. 그리고 얼마 뒤 택이 아빠는 눈뜨면 코 베어 간다는 낯선 서울 변두리 주택에 짐을 풀었다. 이사하는 첫날 맥없이 앉아 있는 택이에게 동네 아줌마가 다가와서 손을 내민다.

"네가 택이구나, 예쁘게도 생겼네, 우리 집에 가서 밥 먹자."

말없이 바라보던 7살 택이는 천천히 낯선 옆집 아줌마의 손을 잡았다. 동네 꼬맹이들은 새로운 친구에게 각자의 방식으로 말을 걸었다. 딱지를 건네주기도 하고, 신발주머니를 들어주기도 하면서 말이다.

20년이 넘는 시간 동안 드라마의 주인공들은 각자의 삶을 나누며 우정을 쌓아갔다. 아이들이 커가는 것처럼 부모들의 우정도 커졌다.

가족을 잃은 슬픔도 복권 당첨의 행운도… 여러 사연이 한 가족만의 것에 머무르지 않고 주변으로 나누어졌다.

"오늘 저녁은 외식이다."

라고 말하며 이층집 치타 여사는 그 골목에 사는 다섯 집으로 모두 자장면을 주문한다. 어떤 날은 낑낑대며 갈치 한 상자를 사서 들고 오는데 그날 저녁은 집집마다 그 비싼 갈치 굽는 냄새가 진동하는 날이다. 자기의 형편대로 김치부침개며 삶은 감자가 이집 저집 오고 갔고 하나하나의 에피소드들이 유쾌하면서도 짠하다.

〈응답하라 1988〉이라는 드라마 제목처럼, 그 시절 그 골목 그리고 그곳에서 살았던 시간은 계속 불러내고 싶은 아련한 추억이다.

에릭슨이 이야기한 삶의 여정은 길다. 각 단계는 소리 없이 오고 한동안 그 단계마다 해내야 하는 숙제를 하느라 몸살을 앓기도 한다. 어른으로 자라나는 과정에서 우정은 친밀감을 좀 더 성숙하게 만들어서 헌신이라는 문을 열도록 도와준다.

타인에 대한 호감이라는 감정은 사실 나와 관련된 관심에서 시작된다. 내 취향에 맞고 내 곁에 두면 좋겠다는 의식적인 촉이 호감이다. 그러나 호감이 친밀감으로 발전하려면 타인에게로 관심이 넘어가야 한다. 저 사람에게 필요한 건 뭘까? 지금 그는 어떤 기분인 거지? 이렇게 나에 관한 관심과 타인에 관한 관심이 적절하게 균형이 맞을 때 친밀감은 성장한다. 그리고 나보다 타인에 대한 마음이 더 커지게 되면 헌신이라는 그다음의 단계로 넘어갈 수 있다.

'라라랜드'와의 만남도 그 시작은 그냥 평범했다. 한 번 두 번 인사하면서 알게 된 사람이 있었는데, 우연히 그의 아래층으로 이사 가면서 친구가 되었다. 그리고 친구의 지인을 소개받고 또 그렇게 한 번, 두 번, 1년, 2년의 세월을 거치다가 어느 날, 드디어 '라라랜드'라는 이름의 모임이 탄생했다.

다르면서도 비슷하고, 닮고 싶으면서도 가끔은 눈을 감아야 하는 만남이 결성된 것이다. 제주로의 2박 3일이 '라라랜드'의 공식적인 첫 여행이었고, 그 후 1년에 한 번씩은 같이 여행 짐을 쌌다. 각자의 바쁜 생활 중간중간 짬을 내어 만나서 밥도 먹고 커피도 마셨다.

신기하게도 삶에서 고난은 멈추지 않는다. 하나를 해결하면 또 그다음 넘어야 할 파도가 다가온다. 참 평범한 사람들의 일상인데도 이토록 다채로울 수가 있을까 싶다. 그래도 '라라랜드' 덕분에 서로를 의지하며 지루하게 반복하는 그 파도들을 고난이라고 생각하지 않고 웃으면서 넘을 수 있었다.

"인간은 사회적 동물이다."라는 말이 있다. 그 말은 인간의 유전자에는 '함께'라는 DNA가 새겨져 있음을 의미한다. 혼자라면 못 할 일도 함께라면 할 수 있으며, 혼자라면 극복하지 못할 일도 함께라면 극복할 용기가 생긴다. 산다는 것은 관계를 맺는 일의 다른 말이다. 관계를 맺으며 함께 기뻐하고 함께 슬퍼하며 공감할 때, 살아가는 의미를 찾을 수 있다.

'관계망'이란 말이 있다. 사람마다 가진 관계를 그물로 표현한 말이다. 관계망은 '함께'라는 줄로 엮여 있다. 그물로 물고기를 잡듯이 관계망으로 사람이 살아가는 데 필요한 중요한 가치를 잡는다. 얼마나 가치 있는 삶을 사느냐는 얼마나 튼튼한 관계망을 가졌는가로 결정된다. '라라랜드'라는 그물은 그런 의미에서 중요한 인생의 가치를 잡게 해주었다.

만남의 모습은 다양하다. 밥을 먹거나 숙제를 하다가도 멀리서 부르는 소리가 들리면 뛰어나갔던 꼬맹이 시절의 친구도 있고, 상처를 주고받으며 함께 마음 아파했던 학창 시절의 아련한 우정도 있다. 사회에서 만나 소소한 일상과 거창한 미래를 이야기한 친구도 물론 소중했다. 노래 제목처럼 〈잘못된 만남〉이 없었다면 그 또한 인생의 축복이다.

하지만 모든 만남이 다 포에버는 아니었다. 만사에 다 때가 있다는 솔로몬의 지혜로운 말처럼 찾을 때가 있고 잃을 때가 있었으며, 지킬 때가 있고 버릴 때가 있었다.

그래도 삶의 긴 여정에서 우정은 소중하다. 이름은 다르지만, 라라랜드는 누구에게나 있다.

'와칸다 포에버.'

영화의 한 장면에서 끝이 보이지 않게 밀려드는 외계의 적들을 향해 블랙펜서는 이렇게 외치며 망설임 없이 돌진했다. 그의 장렬한 눈빛이 잊히지 않는다. 그 눈빛을 흉내 내며 외치고 싶다.

끊임없이 밀려오는 삶의 파도를 향해 돌진하면서

"라라랜드여, 영원하라."

듣고 싶은 대로 듣습니다

×

오랜 기간 영준 씨는 자기에게 익숙한 방식으로 가족들을 대했고
아이들이 자기 앞에서 말을 하지 않을 때가 되어서야 무언가가 잘못되었다는 것을 깨달았다.

다양한 문제로 사람들은 상담을 신청한다. 자녀를 둔 사람이라면 처음
엔 자녀 이야기로 시작했다가 배우자에 대한 어려움을 토로하고, 그 후
에는 본인에 관한 이야기를 조심스레 꺼낸다. 아이 문제인 줄 알았는데
결국은 아이를 대하는 자신의 문제라는 걸 깨닫게 되기까지는 얼마 걸리
지 않는다. 그런 상황을 겪으면서 '아이 문제는 많은 부분에서 부모 문제
다'라는 말을 실감하게 된다.

50대 초반의 아버지인 영준 씨는 자녀와의 문제로 직접 상담을 의뢰했

다. 아내와 딸들과의 관계는 별로 문제가 없는데 유독 자기 앞에서는 아이들이 말을 안 한다고 했다. 초등학교 고학년부터 점점 말수가 줄어들더니 중학생이 되면서부터 아예 대화가 안 된다고 하소연하며 한숨을 내쉬었다.

사춘기 자녀를 둔 부모교육의 형태로 진행되던 상담은 얼마 지나지 않아 자녀의 이야기보다 본인의 이야기에 더 중점을 두게 되었다.

"저는 그냥 듣고 싶은 대로 듣습니다."

라는 말을 듣기까지 한참이 걸렸다. 그러고는 잊히지 않는 기억을 이야기하였다. 그 당시 부모의 삶이 다 고단했을 시절 형욱 씨 부모님도 열심히 살았다. 고생하는 부모님을 위해서라도 열심히 공부했고 우등생 소리를 들으며 학창 시절을 보냈다. 성적표를 들고 오면서 기분 좋은 학생이 몇이나 될까 싶은데 형욱 씨가 그런 학생이었다. 그날도 성적표를 들고 기분 좋게 집에 왔고 저녁 식탁에서 성적표를 내밀었다. 무덤덤한 성격의 부모님인지라 큰 반응은 기대하지 않았지만, 그날따라 더 성적표에 관심이 없었다. 저녁을 다 먹어갈 즈음 아버지는 입을 여셨다.

"초등학교 성적 그거 별거 아니다. 누가 그렇게 칭찬해 주고 그럴 게 없다. 그냥 너 듣고 싶은 대로 들어라."

차라리 더 열심히 하라는 말을 들었으면 그렇게 섭섭하지는 않았을 것 같았다. 대단한 칭찬을 기대했던 것도 아니지만 아무 말도 없이 그냥 듣고 싶은 대로 들으라니.

영준 씨는 생각했다. '그래, 내가 듣고 싶은 대로 듣자. 아버지 말도 칭찬이려니 생각하자.'

그날 이후로 영준 씨에게는 다른 사람의 말이 그렇게 중요하지 않게 되었다. 내가 듣고 싶은 대로 듣는 게 공부하고 일하는 데는 오히려 도움이 되었다. 그렇게 영준 씨는 어른이 되었고 자취하면서 막 직장을 다닐 무렵 아내를 만났다. 아내를 만나서 연애할 무렵은 예외였다. 아내의 표정 하나하나와 말 한마디가 영준 씨에게는 중요했다. 내가 듣고 싶은 대로가 아니라 아내가 말하는 대로 들었다. 그러나 결혼하고 일상을 함께 하는 사이가 되자 형욱 씨는 또다시 자기가 듣고 싶은 대로 들었다. 이렇게 사람을 대하는 방식은 아이들이라고 해서 예외는 아니었다. 오랜 기간 영준 씨는 자기에게 익숙한 방식으로 가족들을 대했고 아들이 자기 앞에서 말을 하지 않을 때가 되어서야 무언가가 잘못되었다는 것을 깨달았다.

에릭슨은 초기 성인기, 즉 청년기의 과제를 친밀감이라고 말했다. 나에게 집중했던 사춘기의 시간이 지나고 비로소 내가 아닌 너, 즉 상대방에 대해 눈을 뜨는 시기이다. 나보다는 상대에 대해 더 많이 생각하고 궁금하게 되면서 관계는 시작되고 친밀의 단계로 나아가게 된다.

이성 간의 관계만이 아니라 친구나 선후배 간에도 친밀감은 형성된다. 친밀감이 형성되려면 일단은 내가 어떤 사람인지가 정리되어야 한다. 청소년기에 내가 누구인지를 탐색하는 과정이 충분히 있었어야 한다. 내가 누구인지에 대한 이해가 선행되었다면 그다음은 상대에 대한 이해가 필요하다. 모든 사람을 알거나 이해할 필요는 없지만, 자기 자신에게서 타인에게로 시선이 향한다면 이는 어른이 되어간다는 신호이다.

어른으로의 첫 발자국을 떼는 청년기에 타인을 알아가려면 그 사람의 말을 듣는 게 시작이다. 상대가 말하는 것을 그대로 받아들이고, 귀를 기울여서 듣게 되면 상대의 모습이 보인다. 자세히 보고 자세히 들을 때 그 사람과 나와의 관계가 생기는 것이다. 자신의 이야기를 잘 들어주는 사람에게는 나를 더 많이 드러낼 수 있다. 친밀감을 통해서 나와 상대는 서로의 부족한 점을 채워가게 되고 그렇게 친밀감은 더 성숙해져 간다.

자녀와의 관계에서 생기는 친밀감 또한 다르지 않다. 아이가 어렸을 때는 일방적인 부모의 헌신으로 관계가 맺어지지만, 어른으로 성장하는 자녀와의 관계는 또 다르다.

영준 씨에게는 '듣고 싶은 대로 들으라'는 아버지의 메시지가 삶에서 강력하게 작동했다. 자녀들과의 대화에서 영준 씨는 자녀의 말에 귀 기울이는 것을 간과했다.

영준 씨가 자식으로서 부모를 대할 때에는 듣고 싶은 것만 들어도 별문제가 되지 않았다. 하지만 자녀가 태어나고 부모가 되면서 상황은 바뀌었다. 영준 씨는 과거 자신이 자식일 때의 기억에만 의존했고, 아이가 여러 가지 말을 해도 자신이 듣고 싶은 것만 들었다. 부모는 듣고 싶은 것만을 들어서는 안 된다. 듣기 싫은 것도 들어야 하며, 아이의 침묵이 말하는 행간까지도 읽어야 한다.

'마음의 문을 연다'는 말을 많이 쓴다. 마음의 문은 한쪽에서만 열어서는 열리지 않는다. 안과 밖 모두 자물쇠가 있기 때문이다. 부모는 흔히 자기가 자녀의 문을 두드린다고 생각한다. 하지만 자녀가 안에서 문을 아무리 열려고 해도 열리지 않는 경우가 있다. 왜냐면, 밖에 있는 부모가 자물쇠를 걸어두었기 때문이다. 안에서 아무리 열려고 해도 밖에서 잠긴 문을 열 수는 없다.

자녀를 키우다 보면 아이도 상처받고 부모도 상처받는다, 모두가 아프지만, 문을 먼저 여는 건 부모여야 한다. 영준 씨는 굳게 자물쇠를 채워둔 자신을 발견하면서 많이 울었다.

아버지와의 관계에서 상처받았던 어린 영준이를 스스로 위로했고 꽤 많은 시간에 걸쳐서 아이에게도 사과했다. 자신이 받았던 상처를 고스란히 아이도 경험했다는 것을 알고 영준 씨는 많이 미안해했다. 10회기의 상담이 끝나고 난 뒤에 영준 씨와 그의 아들은 캠핑을 가기도 했다. 캠프장을 예약하고 캠핑용품을 함께 사면서 아들과 나누었다는 소소한 이야기를 들으며 첫 회기에 만났던 영준 씨를 떠올렸다. 전혀 다른 사람이 되어 있는 영준 씨를 보면서 아들과 다녀올 캠핑이 무척 좋은 시간이 될 거라는 확신이 들었다.

어른이 되고 가정을 꾸리는 건 대단한 일이다. 새로운 세상을 창조하는 것이기 때문이다.

우리 가족 관계, 이상 무(無)?

가족은 여러 가지 색깔과 모양을 가지고 있습니다. 물론 느낌도 있죠. 저녁 때 집에 들어 갔는데 이유를 알 수 없는 냉랭하고 답답한 분위기를 느꼈던 경험 있으실 거예요.

물론 가족끼리 함께 있을 때 편안하고 즐겁다면 더할 나위 없는 만족감이 찾아오죠.

그러나 가족관계가 항상 행복하고 만족스러울 수는 없습니다. 예상치 못한 외부의 상황으로 관계의 위기가 생길 때도 있구요. 에릭슨이 우리에게 건네준 숙제를 하느라 서로 바쁘고 섭섭해지기도 합니다.

가족관계를 간단히 점검해 볼게요. 5개의 문항을 천천히 읽어보시고 체크해 주세요. 문항 자체가 심각한 문제를 나타내는 것은 아니니 안심하고 검사해 주세요.

체크하신 뒤에는 책 속 작은 상담소의 Sue's counseling tip을 읽어주세요.

다음의 문장들을 잘 읽고 내 가족은 어떤지 답해 주세요.

1. 우리가족은 서로 간에 불평, 불만이 많다.

☐ 전혀 아니다(0점)	☐ 아니다(1점)	☐ 보통이다(2점)	☐ 그렇다(3점)	☐ 매우 그렇다(4점)

2. 가족끼리 욕설이나 큰소리를 내며 싸운다.

☐ 전혀 아니다(0점)	☐ 아니다(1점)	☐ 보통이다(2점)	☐ 그렇다(3점)	☐ 매우 그렇다(4점)

3. 가족안에 갈등이 생기면 해결하려 하기보다는 피해 버린다.

☐ 전혀 아니다(0점)	☐ 아니다(1점)	☐ 보통이다(2점)	☐ 그렇다(3점)	☐ 매우 그렇다(4점)

4. 우리가족은 집에 같이 있어도 서로 얼굴을 마주치고 싶어 하지 않는다.

☐ 전혀 아니다(0점)	☐ 아니다(1점)	☐ 보통이다(2점)	☐ 그렇다(3점)	☐ 매우 그렇다(4점)

5. 우리가족은 함께 식사, 여행, 외출 쇼핑 등을 하고 싶어 하지 않는다.

☐ 전혀 아니다(0점)	☐ 아니다(1점)	☐ 보통이다(2점)	☐ 그렇다(3점)	☐ 매우 그렇다(4점)

(출처 : 가족관계척도 일부 참조)

문항 수는 적지만 체크 하신 대로 합계를 내 볼까요?

합계	해석
0-5점	건강한 가족관계
6-10점	누군가는 가족관계를 힘들어 함.
11점 이상	가족관계의 개선이 필요

책 속 작은 상담소를 꼬옥 읽어주세요.

문항을 읽으면서 특별히 떠오르는 가족 구성원이 있었나요? 아빠, 엄마, 동생 혹은 언니나 형이 떠오를 수 있습니다.

5개 항목의 합계점수보다는 '그렇다'라고 답한 문항을 찬찬히 읽어 보며 나의 가족 관계를 점검해 보시는 게 필요합니다.

가족끼리는 의사소통을 더 신중하고 배려 있게 해야 합니다. 편하다고 해서 함부로 말하기 시작하면 관계는 점점 더 나빠지고 서로에게 큰 상처를 주거든요. 가족이라서 더 어렵다는 생각이 듭니다. 가족의 관계를 조금 더 건강한 방향으로 돌리고 싶으시다면 이 책을 읽고 있는 여러분으로부터 변화를 시작해 볼까요?

부드럽게 대화를 시작하시고 상대의 말에 고개를 끄덕여 주세요. 가끔씩은 날을 정하여 내가 할 수 있는 가장 친절한 표정과 말투로 가족에게 대해 보는 것도 좋은 방법입니다.

미러링 효과(mirroring effect)를 들어보신 적 있을 거예요. 타인의 행동을 거울에 비춘 것처럼 따라하는 것을 미러링이라고 해요. 미러링 효과는 호감을 느끼는 사람의 표정과 말투를 무의식적으로 따라하는 것을 말합니다. 가족은 오랜 기간 서로에게 영향을 주고 받습니다. 그래서 누군가가 먼저 친절한 행동과 말을 하게 되면 가족은 서로를 모방하게 됩니다,

각 문항들은 다소 부정적인 행동과 내용으로 쓰여져 있어요. 가족 안에서 이런 행동이 빈번하다면 가족 구성원 중 누군가는 매우 힘들 겁니다. 관계가 너무 힘들다면 가족 상담을 신청해서 도움을 받으시는 것도 좋습니다. 모든 구 단위에 무료로 상담 받을 수 있는 기관이 있고, 여러분들 주변에도 작은 상담소들이 자리하고 있습니다. 가족센터에서 정확한 가족관계검사가 가능하다는 것도 알려드려요.

5장

감사로 삶을 완성해 가다
: 노년기의 완성과 초월

Erik Homburger Erikson

×

The greatest potential for
growth and self-realization exists
in the second half of life.

성장과 자아실현의 가장 큰 잠재력은
인생의 후반부에 존재한다.

Erik Erikson

발레가 주는 교훈

×

청춘은 인생의 시간이 아니라
마음의 상태이다.

아주 오래전 학창시절에 보았던 신문 기사가 있다. 유독 눈이 큰 소녀의 사진과 함께 그녀가 한국인 최초로 세계 유명 발레단에 입단하게 되었다는 내용이었다. 그로부터 며칠 뒤, 학교 불어 수업 시간에 선생님이 그 기사의 이야기를 꺼냈다. 본인의 조카가 해외 유명 발레단에 입단한 강수진이라는 학생인데 이름 들어본 적 없냐며 자랑스럽게 이야기했다. 신문을 통해 내용을 알고 있던 터라 선생님의 이야기는 마치 아이돌을 알게 된 것처럼 신기하게 느껴졌다.

그로부터 십여 년이 훌쩍 지나 내가 신문에서 보았던 눈이 큰 소녀는 어느덧 발레계의 정상이 되어 방송을 통해 자주 접하는 유명인사가 되었다. 언론에 공개된 그녀의 굳은 살 가득한 발 사진은 많은 이들에게 울림을 주기도 했다. 그날의 불어 수업 시간은 선생님의 이국적인 발음뿐 아니라 발레리나 강수진의 이야기까지 버무려져서 신비로운 느낌으로 각인이 되었고 언젠가는 꼭 발레를 배우고 싶다는 생각으로 이어졌다.

그러나 실제로 발레 수업에 등록하기까지는 그때로부터 30여 년의 시간이 걸렸다. 워낙에 유연성에 자신이 없던 터라 뻣뻣하게 버둥대는 몸짓으로 과연 동작을 배울 수나 있을까? 라는 염려가 컸다. 다리찢기는 고사하고 등을 바로 펴고 앉는 것도 진땀이 났고 이렇게 몸이 경직되어 있다는 게 믿어지지 않았다. 아름다운 음악이 흐르는 발레 클래스 내내 딱딱하기 그지없는 관절을 늘리며 새삼스레 유연성이라는 단어가 생각났다.

유연성이란 그 말에서 연상되듯이 마치 고무줄처럼 상황에 유연하게 적응하는 능력이라고도 할 수 있다. 에릭슨이 제시한 성인기와 노년기의 심리사회적 숙제는 유연성과도 밀접하게 관련이 있다. 청소년기까지의 숙제도 만만치 않지만, 어른으로서 평생 동안 해내야 하는 과업 또한 쉽지 않다. 부모에게서 독립하기 전까지는 어찌 생각하면 가족이라는 울타리가 완충의 역할을 해준다. 그러나 성인기가 되면서 만나게 되는 사회는 딱딱하기 그지없다. 수많은 규칙과 촘촘한 생존전략 사이에서 실패와 성공을 반복하며 수십 년 적응하다 보면 사고와 마음은 경직된다.

부모님이 이혼의 위기에 처했다며 딸이 부모님의 부부 상담을 전화로 신청했다. 부모님 나이를 물으니 아버지가 84세, 어머니가 78세라고 했다. 어떻게든 설득해서 부모님을 보낼 테니 상담을 부탁한다는 내용이었다. 전화를 끊고 나서 최고령자 부부를 위한 세션을 준비했다.

첫 회기에 찾아오신 할아버지는 인상이 좋았다. 그 동네에서 나고 자랐고 근방에 있는 직장에서 35년간 일했으며 자녀를 다 출가시켰다고 했다. 할아버지는 부인이 왜 이혼하자고 하는지 도통 모르겠다고 했다. 바람을 피운 것도 아니고 돈을 안 벌어다 준 것도 아닌데 80세가 넘어서 이혼이라니 기가 막힐 노릇이라고 한숨을 내쉬었다.

두어 번 상담 세션을 거치고 나니 부인이 이혼을 요구하는 이유가 드러나기 시작했다. 할아버지에게는 좋은 인상 뒤에 가려진 완고함이 있었다. 안 되는 것은 하늘이 두 쪽이 나도 안된다는 말을 한 시간에 열 번쯤은 이야기했다. 들어보면 틀린 말은 아니지만, 하늘이 두 쪽 나도 아침은 든든히 먹고 출근해야 한다는 말을 들으니 가슴이 답답했다. 그분이 만든 규칙은 생각보다 많았다. 상담회기마다 하늘이 두 쪽이 나도 지켜야 한다는 규칙을 적으니 4회기가 되자 50개가 넘었다. 50개가 넘는 절대 규칙을 지키며 58년을 살아야 했던 할머니의 속이 오죽했을지 상상되었다. 부인과 나란히 걸어본 적이 한 번도 없다는 할아버지에게 매일 해야 하는 새로운 숙제를 내주었다. 그 숙제는 절대 규칙에 유연성을 발휘하는 것이다. 하늘이 두 쪽 나도 안 된다는 규칙을, 상황에 따라 될 수도 있는 것으로 유도한 규칙이었다.

지금까지 한 번도 시도하지 못했던 숙제를 마치고 나자 할아버지는 자신의 절대 규칙을 점검하기 시작했다. 10회기의 개인 상담과 10회기의 부부 상담을 거치면서 할아버지의 절대 규칙은 2개를 제외하고는 사라졌다. 할아버지의 인상은 한결 더 여유로워졌고 할머니는 세상 살맛 난다며 좋아했다. 84세 할아버지가 연습한 유연성 훈련은 꽤 효과가 있었다. 강하면 부러지게 되어 있고 절대 규칙이 많을수록 삶은 경직된다는 것을 깨닫게 된 것이다.

나이가 들어가면서 더 유연해져야 한다. 그래야 일상생활에서 덜 다치기 때문이다. 유연성이 좋으면 다리를 삐거나 넘어지거나 어깨가 불편해지는 확률이 현저하게 줄어든다고 들었다. 몸만 아니라 생각이나 관계도 유연성이 필요하다. 에릭슨이 주목한 노년기의 삶은 특별할 게 없는 하루를 특별하게 만드는 날들로 이루어져 있다. 예전에는 받아들여지지 않았던 게 어느 날 이해가 되고, 불편해서 마주하기 힘들었던 감정들이 잔

잔하게 사그라진 것을 발견할 때 비로소 삶이 통합되고 완성되어 간다.

특히 사고가 유연할수록 경험하고 수용할 수 있는 세상이 많아진다.

일주일마다 빠지지 않고 발레 수업에 가는 진짜 목적을 이실직고해야 겠다. 인생의 버킷리스트 중 하나가 다리찢기라는 것을 말이다. 불가능할 것 같은 이 꿈이 이루어지는 어느 날 바닷가의 모래사장에서 담요를 펴고 멋지게 다리를 든 채 포즈를 취하고 싶다.

뻣뻣한 몸을 늘릴 때마다 속으로 다짐한다. 힘을 빼고 견디자. 오늘 안 되면 내일은 되겠지. 최고의 발레리나도 하루에 토슈즈를 6개씩 바꿔 신어가면서 훈련을 했다는데 그 혹독한 시간에 비하면 나의 발레 수업은 너무나도 평화롭다. 아름다운 음악이 흐르고 매주 같은 동작을 마치 새로 배우는 동작인 양 반복한다. 다른 회원의 유연성과는 현저하게 차이가 나지만 신기한 건 그래도 조금씩 늘어나고 있다는 것이다.

혹시 지금 눈에 보이는 성과가 없어서 좌절하고 있다면 발레가 주는 교훈을 생각하자.

그 교훈은 습관이든 정신이든 신체든, 유연성은 절대 하루아침에 이루어지지 않는다는 것이다. 나이가 들수록 유연성을 기르기 위해 연습하는 것은 경직된 마음과 몸을 계속 깨우는 어른의 노력이라는 걸, 발레를 통해 몸으로 체득하고 있다.

루왁과 게이샤

×

자신의 삶에서 묻어나오는 보람과 스스로에 대한 대견한 마음을 읽을 수 있었다.
그리고 자신의 삶을 꽤 잘 살았다고 하는 에릭슨의 노년기 숙제가
한 장 한 장 채워지는 걸 볼 수 있었다.

대학가 뒷골목에 있는 자그마한 카페에서 루왁과 게이샤를 마셨다. 이런 특별한 커피를 동네 빨래방 건물 2층에 있는 편안한 카페에서 마실 수 있다는 게 놀라웠다. 독특한 향과 맛이 기분 좋게 느껴졌고 누군가와 함께 있는 시간을 더 풍성하게 만들어주었다.

흰머리가 수북하신 노부부가 운영하는 카페인데 학생들 사이에서는 꽤 유명한 곳이라는 이야기를 들었다. 작년에 처음 방문했을 때 벽에 걸린 사진이 인상적이었는데 사장님이 퇴직 후 산호세의 커피농장에서 일하면서 커피 수업을 받을 때의 모습이라는 설명을 들었다.

칠순이 가까운 나이에 차분하게 공간을 꾸미고 커피를 내리는 모습은 이 집만의 특별한 분위기를 만들었다. 왜 사람들이 일부러 이곳을 찾는 지를 한 번만 다녀가면 알게 된다.

카페에 딸린 테라스에는 시골 외갓집에 있을 법한 수십 개의 장독대가 놓여있고, 늦겨울 잎을 다 떨군 줄기뿐인 식물들이 낮고 커다란 많은 화분 안에 즐비했다. 토요일 한적한 오후 카페 안에는 클래식 선율이 흘렀고 마침 손님이 없던 터라 사장님은 카페에 딸린 널따란 테라스에서 화분을 정리하고 계셨다.

왠지 사장님의 순수한 노동을 방해하는 것 같아서 인기척을 눈치챌 때까지 기다렸다. 손님을 발견하고는 깜짝 놀라며 카페 안으로 들어온 사장님은 특유의 함박웃음으로

"뭘 준비해 드릴까요?"

말을 건넸다. 함께 간 아들은 얼마 전에 마셨던 게이샤 원두가 인상적이었다고 했고 마침 게이샤와 루왁이 소량 준비되어 있다는 말에 망설임 없이 주문했다.

심리학이나 인문학에 문외한이 사람도 프로이트니 융이니 하는 정신

분석학자의 이름을 들어봤을 것이다. 요즘 대학생에게 폭발적으로 인기를 얻고 있는 성격유형검사도 알고 보면 이들의 이론을 기반으로 만들어졌다.

인간의 심리적인 발달과 무의식에 주목했던 프로이트의 이론은 신체의 성장이 멈춘 20세 이후에 관해서는 설명이 부족하고 리비도를 지나치게 부각했다는 평이 있지만, 여전히 심리학 발달이론에 있어서는 기본이 된다.

이에 비해 에릭슨은 인간의 심리·사회적 발달단계를 노년기까지 나누었다. 신체의 성장이 멈춘 청년기 이후에도 인간은 계속 발달해야 한다는 그의 이론을 접했을 때, '그래 바로 이거지.' 하며 감탄했던 기억이 난다.

에릭슨이 매력적인 건 그가 계속해서 자신의 이론을 확장하였고 본인이 실제로 노년기의 삶을 살게 되면서 더 깊이 있게 노년기를 다루었다는 것이다.

의학의 발달로 인하여 노년기의 삶은 어느덧 인간이 밟는 모든 단계 중에서 가장 긴 단계가 되었다. 60세 이후로 살아야 하는 삶의 길이는 30년 이상이라니, 단순히 먹고 사는 문제뿐 아니라 노년기의 삶을 어떻게 가꾸어 가야 하는지를 생각할 수밖에 없다.

노년기의 할머니가 손자 손녀를 양육하는 가정이 있다. 자녀의 도움 없이 전적으로 양육을 도맡아 하는 가족을 조손가정이라고 부른다. 어쩔 수 없는 여러 가지 이유로 손자녀를 도맡아 키우는 할머니를 대상으로 깊이 있게 상담하고 연구를 진행한 적이 있다. 할머니의 사연은 각자가 다양했고 의미가 있었다. 예기치 못한 자녀의 불행으로 손주를 맡아서 양육해야 했던 그 첫날의 느낌을 물었고 그 대답 중에 기억에 남는 게 있다.

"그날부터 나는 새롭게 태어나야 한다고 생각했다, 정신 바짝 차리고 나이를 생각하지 말자. 나는 엄마다."

칠순이 가까운 나이에 손주의 엄마로 다시 삶을 시작했고, 10여년을 지나 지금 와서 생각해보면 그 시간은 슬픔이나 절망보다는 기대와 뿌듯함의 시간이라고 했다. 많은 시간을 그분들과 상담하면서 자신의 삶에서 묻어나오는 보람과 스스로에 대한 대견한 마음을 읽을 수 있었다. 그리고 자신의 삶을 꽤 잘 살았다고 하는 에릭슨의 노년기 숙제를 한 장 한 장 채워가는 걸 볼 수 있었다.

다시 커피 이야기로 돌아오자면, 한잔에 2만 원은 족히 된다는 그 루왁과 게이샤를 훨씬 싼 가격을 받고 내어주면서 사장님은 한참 이야기를 이어갔다.

게이샤는 로스팅을 어떻게 하느냐에 따라 다양한 맛이 연출되는데 커피와 차의 오묘한 경계에 있다는 게이샤 원두가 본인에게는 너무 매력적이라고 했다.

그리고 좋은 생두를 발견하여 강하지 않게 로스팅해서 그 발란스를 찾아내는 게 매일의 과제라고 하였다. 올봄에는 열흘 동안 일본에 가서 다양한 커피 원두를 맛보고 좋은 생두를 발견할 계획이라고 했다. 향기로운 커피 향과 맛에 취할 무렵 갓 내린 커피를 한 잔 더 내어주셨다.

"우간다 원두입니다. 우리나라에 쉬이 들여올 수 없는 원두라서 한번 맛보시면 좋겠네요."

모든 이에게 정중하게 말을 건네고, 오가는 대화를 존중해주시는 사장님 부부의 인품이 느껴져 오랜만에 수다가 길어졌다.

성장하고 있다면 늙는 것이 아니다. 백발이 되어서도 오늘 하루를 설레면서 맞이할 수 있다면 에릭슨이 말하는 노년기의 자기완성은 이루어지는 게 아닐까?

카페에서 두 시간 가량 시간을 보내고 뿌듯한 마음으로 나오는데 사장님 부부가 현관 앞까지 배웅해주셨다. 허리를 숙여 인사를 해주시는 부부를 향해 아들과 나도 오랜만에 90도 인사로 여러 번 답례했다. 아름다운 노부부의 환대는 루왁과 게이샤의 향기만큼이나 진하고 귀했다.

하춘화 가출 사건

×

현재의 삶이 고단하다고 해서 명자 할머니의 모든 삶이 절망적이었던 건 아니다.
내 삶이 이렇게 용기 있고 대단한지 이제야 알겠다고 했다.

'내가 살아온 인생, 이 정도면 꽤 괜찮았어, 보람된 삶이었어.'라고 생
각하는 것을 말한다.

때는 바야흐로 50여 년 전으로 흘러가야 한다. 미쓰 김이라고 불렸던
명자 할머니는 아버지의 가게에서 일했다. 고향을 떠나 부산 외곽에 터
를 잡은 명자 할머니 가족은 4남 1녀였고 막내였던 명자 할머니는 꼼짝
없이 가게 일을 도와야 했다.

모두가 가난했던 시절이라 불평할 일도 아니지만, 이팔청춘 명자 씨는

돈이 궁했다. 어릴 때는 먹을 것만 있으면 좋았지만, 학교 졸업하고 아가씨가 되니, 예쁘게 차려입고 부산 시내 구경 한 번 가보는 게 소원이 되었다.

용돈 좀 달라고 하면 금고 열쇠를 손에 쥔 둘째 언니가 무섭게 소리 지르며 면박을 주기 일쑤였다. 집에서 먹고 자고 하는데 네가 무슨 돈이 필요하냐는 것이다. 금고지기 둘째 언니는 정작 자기는 마음대로 돈을 쓰면서 왜 자신한테는 이렇게 야박한지 억울했다.

어떻게 하면 돈을 벌 수 있을까 하는 생각으로 하루하루 보내던 어느 날이었다. 그날도 다름없이 청소하고 가게를 보고 있었는데 친구로부터 소식을 들었다. 부산에 하춘화 공연이 열린다는 것이다. 인기 많은 톱스타가 부산에 오다니, 정신이 번쩍 났다. 그 소식을 들은 날부터 도대체 일이 손에 잡히지 않았다, 어떻게 하면 하춘화 쇼를 보러 갈 수 있을까. 명자 씨는 그날부터 이리저리 궁리하기 시작했다. 일단 푯값을 구하는 게 급선무였다. 시집간 큰언니한테 용돈 좀 달라고 아쉬운 소리도 하고, 아버지 기분을 살피느라 잔심부름과 당구장 청소도 더 열심히 했다.

그런데도 표 살 돈은 부족했기에 명자 씨는 꾀를 냈다. 싹싹하고 친절한 명자 씨 덕에 가게에 오는 손님이 꽤 많았다. 아버지 친구들도 종종 들러 붕어빵을 사다 주기도 하고 자장면을 시켜주는 손님도 제법 많았다. 명자 씨는 나중에 먹겠다고 말하며 자기 몫의 자장면값을 챙겼고, 자잘한 거스름돈을 금고가 아닌 비닐 주머니에 따로 모으기 시작했다. 둘째 언니가 알면 난리가 나겠지만, 이 정도는 아버지도 눈감아 주리라 생각했다. 손님은 많았는데 금고에 돈이 빈다고 둘째 언니는 가끔 갸우뚱거렸지만 명자 씨는 들은 척도 하지 않았다.

한 달 동안 이래저래 돈을 모으니 꽤 두둑해졌고 이제는 아버지랑 언니 몰래 부산에 1박 2일 다녀올 계획을 세워야 했다. 방 잡을 돈이 없으니 사실상 무박이일이었다. 아침부터 줄을 서려면 새벽에 도착해야 하는데 거짓말을 하면 결국 들통날 테고. 명자 씨랑 친구는 밤에 가출하기로 모의했다.

명자 씨는 둘째 언니 몰래 미니스커트와 뾰족구두를 당구장에 숨겼고, 가게 정리하고 들어가면서 집이 아닌 정류장으로 냅다 달려갔다. 이렇게 명자 씨의 하춘화 가출 사건이 벌어졌다.

밤새도록 극장 앞에 서서 수많은 인파와 어울려 표를 끊고 아침 내내 어묵 하나 먹었지만 배고픈 줄도 몰랐다. 드디어 줄을 서서 입장했고 하춘화 쇼는 너무나도 황홀했다. 스물한 살 명자 씨의 몇 시간은 순식간에 지나갔고 부모님께 혼날 걱정은 딴 세상 얘기였다.

그때 심장이 터지게 불렀던 노래와 박수 소리가 여전히 쟁쟁하다는 명자 할머니는 자신의 무용담을 꽤 오랜 시간 들려주었다. 할머니와의 프로그램은 늘 예정된 시간을 넘겼다.

자녀의 도움 없이 손주를 도맡아 키우고 있는 명자 할머니의 현실의 삶은 녹록지 않다. 70이 넘도록 쉼 없이 썼던 몸은 약 없이는 하루도 힘들고, 엄마 없는 손주들을 생각하면 마음이 저리다고 했다.

그러나 현재의 삶이 고단하다고 해서 명자 할머니의 모든 삶이 절망적이었던 건 아니다. 잊고 있었던 좋은 기억, 빛났던 청춘의 이야기, 남들과 달랐던 열정의 사건을 꺼내어 앞에 펼치는 과정을 통해 명자 할머니는 자기의 삶을 다르게 생각하기 시작했다. 내 삶이 이렇게 용기 있고 대단했는지 이제야 알겠다고 했다.

에릭슨은 노년기를 인간의 발달단계에 넣었고, 이 시기에도 여전히 인간은 성장해야 한다고 이야기 했다. 이러한 에릭슨의 노년기에는 '자아통합'이라고 하는 숙제가 있다. '자아통합'이라고 하는 말은 쉽게 하자면 '내가 살아온 인생, 이 정도면 꽤 괜찮았어, 보람된 삶이었어.' 라고 생각하는 것을 말한다.

노년이 되면 몸은 어쩔 수 없이 시간의 흐름을 맞게 된다. 중년 때와는 다르고 몸이 더 이상 건강하지 않을 수도 있다. 살아오는 동안 예기치 않은 이별도 있었고, 뜻대로 되지 않은 일도 많았다. 명자 할머니처럼 자식을 잃을 수도 있고, 노력했지만 결국은 얻지 못한 것도 있다.

어떤 노인은 현재의 환경을 보며 자기의 전 일생이 불행하고 의미 없다고 생각한다. 팔자를 탓할 수도 있고 후회나 무력감으로 자신에게 화가 나기도 한다. 자기 자신에게 화가 나 있어서 남을 비난하기도 쉽다. 그래서 고집불통 꼰대 할아버지가 되기도 하는 것이다.

그러나 살아왔던 시간을 뒤돌아보면 누구에게나 자랑스러운 일은 있다. 그래서 남과 다르게 해냈던 순간을 꺼내 보는 시간이 필요하다. 보석처럼 빛났던 순간을 하나하나 모아 본다면 보람 없는 삶은 없다.

프로그램에 참여했던 할머니들은 모두 명자 할머니처럼 빛나는 이야기가 있었다. 섬에서 남의 집 더부살이를 하다가 무작정 배를 타고 고향 집을 향해 탈출하기도 했다. 서울에 있는 방직공장에 취직하려고 야반도주도 감행했으며 설거지하면서 어깨너머로 식당의 비법을 깨우쳤다. 아무나 할 수 없는 일을 해낸 순간이 있었지만, 삶의 무게에 그 이야기는 묻혔다. '자아통합'의 과정은 그러한 기억을 꺼내면서 자신을 긍정적으로 보는 것에서 출발한다. 점점 노년기가 길어지면서 '자아통합'이라는 숙제는 오래도록 만들어 가야 하는 습관이 되어야 한다. 아침을 먹고 나면 양치하듯이, 삶을 반추하고 흩어진 기억을 거두어야 한다.

명자 할머니의 용기 가득했던 삶이 과거에 머무르지 않고 미래로 이어지길 바라고, 하춘화 가출 사건을 벌인 미쓰 김의 용기 가득한 삶을 계속 응원하고 싶다. 삶이 그대를 속일지라도 슬퍼하지 말고 노여워하지 말라는 푸시킨의 노래처럼, 지나가는 것은 훗날 소중하게 되리니.

동네방네 신 여사

×

그래도…. 난 그 얘기는 안 하고 싶어요.
힘들게 살았던 순간은 다 지났고,
지금은 또 이렇게 모든 것이 감사하네요.

신 여사와는 오래 알고 지내는 사이다. 사람 좋아하고 건강하고 부지런하고 무엇보다도 타고난 성품 자체가 긍정이라 매사가 굿모닝이다. 음식을 하는 것도 좋아하고 나누는 건 더 좋아해서 신 여사네 옆집에 살면 좋겠다는 생각을 종종 하게 된다.

신 여사가 갑작스레 남편과 사별한 직후 꽤 오랫동안 상담을 했다. 마냥 밝을 것 같던 그녀의 이야기에도 삶의 애환이 서려 있었다.

"그래도…. 난 그 얘기는 안 하고 싶어요. 힘들게 살았던 순간은 다 지 났고, 지금은 또 이렇게 모든 것이 감사하네요."

그녀가 한숨과 함께 쏟아낸 한마디가 상담 내내 마음에 맴돌았다. 후 회나 원망 없이 삶을 그대로 수용하려는 신 여사의 마음이 느껴져서 더 묻지 않았고, 그녀가 나눠주는 삶의 이야기 만큼에만 반응했다. 자신의 삶을 있는 그대로 수용하고 그 삶을 감사하다고 생각하는 것을 듣고 노 년기의 숙제를 차근차근 해내고 있는 신여사를 격려했다.

배우자와의 사별은 인간이 경험하는 큰 고통의 사건이다. 특히나 예측 하지 못한 갑작스러운 이별일 경우에 그 고통의 시간은 예상보다 훨씬 길어지기도 한다. 특정한 사람과 맺는 친밀감은 서로를 단단하게 엮어 주기 때문에 그중 한 사람이 빠져나가게 되면 올이 풀리듯이 허물어지는 것을 경험한다.

다행히 특유의 긍정성으로 신 여사는 그 시간을 잘 이겨냈고 본래의 신 여사로 돌아오기까지는 얼마 걸리지 않았다.

에릭슨은 어린 시절 부모와의 관계에서 얻어진 신뢰감이 평생에 걸쳐 사람에게 영향을 준다고 했다. 신뢰감이 눈에 보이는 것도 아니고 손으 로 만질 수도 없지만, 삶의 모양을 결정하고 사람의 태도를 만드니 결국은 모양이 있다고도 할 수 있다. 부모나 양육자가 아이의 요구에 일관되게 반응하고 애정을 주면서 키울 때 아이는 기본적인 신뢰감을 형성한다.

그러나 신뢰감은 삶의 과정에서 여러 번 위기의 순간을 맞는다. 작정하고 접근하는 사기꾼도 있고, 믿었던 사람한테 배신도 당한다. 열심히 노력했지만, 성과가 없을 때도 있고, 기회조차 얻지 못해서 좌절하기도 한다.

수많은 부정적인 사건에도 불구하고 세상은 살 만한 곳이라고 생각하는 원동력이 신뢰감이다. 그리고 기본적인 신뢰감이 있는 사람은 계속해서 세상이 믿을 만하다는 증거를 수집해서 삶에 저장한다. 이런 사람을 우리는 긍정적인 사람이라고 이야기한다.

신 여사의 경우도 다르지 않았다. 그 당시 부모들이 에릭슨이니, 신뢰감이니 알 턱이 없었겠지만 바쁜 농사일 사이사이 자녀와 눈을 마주치며 웃어주었던 그 짧은 시간 덕분에 신 여사는 평생 꺼내어 쓸 수 있는 인생의 선물을 받은 셈이다.

신 여사가 손주를 봐주기 위해 잠시 미국에서 지냈던 시절의 이야기를 들었다. 영어라고는 헬로우와 땡큐밖에 몰랐지만 몇 달간 사는 데는 지장이 없었다고 했다.

"젊은 사람처럼 내가 카페나 식당에 가는 것도 아니잖아요. 슈퍼 가서 물건 고르는 거야 평생 살림하던 사람한테는 쉽지. 계산할 때는 카드만 주면 되는데 걱정할 게 뭐야. 헬로우랑 땡큐면 다 되더라고요. 사람 먹고 사는 건 미국이나 한국이나 똑같아요. 친절한 사람도 많고. 무뚝뚝한 사람한테는 내가 먼저 인사하지 뭐."

신 여사는 작은 아파트 화단 귀퉁이에 상추랑 열무 씨를 뿌려서 키우기 시작했다. 볕이 좋아서인지 넘치게 자란 풍성한 채소는 삼겹살 구이에 곁들이고, 열무는 김치를 담가 이웃과 나누었다. 주변에 있는 산에 지천으로 널린 고사리를 보고는 얼마나 반갑던지 한인교회 사람들과 어울려서 며칠 동안 수확하고 볕에 말렸다고 했다. 보스턴 고사리 맛은 안 먹어본 사람은 모른다고 했다. 옆집 사는 알마니아 출신의 할머니에게도 김치를 전파했다니 어찌 보면 K-푸드의 열풍은 이미 오래전부터 예견된 것이었다.

강의할 때 자주 인용하는 동화가 있다. 핑크 대왕 퍼시의 이야기이다. 핑크색을 너무나도 좋아했던 퍼시 왕은 자기 궁전의 모든 벽을 핑크로 칠했다. 식탁과 의자도 핑크로 바꾸었고 옷도 핑크색만 입었다. 퍼시 왕의 핑크 사랑은 여기에 그치지 않았다. 나라의 모든 색을 핑크로 바꾸는 대공사를 시작한 것이다. 도로도 핑크, 집도 핑크, 가로등의 색깔까지도 핑크로 바꾼 뒤에 퍼시 왕은 만족하며 행복해했다. 기쁨에 겨워 하늘을 바라보는 순간 퍼시 왕은 깜짝 놀랐다. 하늘이 파란색이었기 때문이다.

"하늘을 생각 못 한다니. 하늘도 핑크색으로 바꿔야겠다. 온 나라의 기술자를 다 모으거라. 하늘을 핑크색으로 바꾸는 사람에게 큰 상을 내리겠다."

전국에서 수많은 기술자와 마술사들이 모였지만 하늘을 핑크색으로 바꿀 수는 없었다.

고민을 해결하기 위해 퍼시 왕은 스승을 찾아갔고, 스승은 단번에 고민을 해결해 주었다. 그 비결은 '핑크색 안경'이었다. 핑크색 안경을 쓴 퍼시 왕은 평생 행복하게 지냈다. 퍼시 왕이 낀 핑크색 안경처럼, 삶을 긍정적으로 바라보는 안경이 있다면 얼마나 좋을까.

삶의 무게 때문에 상담실을 찾는 사람, 예기치 못한 사건으로 고통받는 사람에게 '신뢰감'이라는 안경을 선물하고 싶다.

오늘의 이 힘듦은 지나가게 되어 있고, 지나다 보면 또 살게 된다. '신뢰감'이라는 안경을 끼고 세상을 살아가는 신 여사는 오늘도 노인대학과

문화센터에서 바쁘게 사람들을 만난다.

"찰밥 맛있게 쪄갈게, 주말에 남한산성 놀러 갑시다"

봄이 한창이니 주말에 남한산성에 놀러 가자고 얘기하는 동네방네 신 여사는 우리의 주변에서 오늘도 보석처럼 빛을 낸다.

에릭슨의 삶의 단계는 순환되며 노년기는 여전히 완성의 과정이다.

에릭슨의 마지막 과업

×

인간의 발달단계 중 마지막 9단계에서는
기본적 신뢰를 바탕으로 초월과 영성이라는 덕목을 완성해 간다.

노년기에 대해 연구하면서 에릭슨의 저서를 샅샅이 살피는 시간을 가졌다. 보물처럼 발견한 그의 마지막 저서를 읽으면서, 나는 마치 에릭슨 부부의 바로 옆 자리에 앉아 그 두 사람의 이야기를 듣고 있는 듯한 착각에 빠졌다.

에릭슨 부부는 연구 발표회에 참석하기 위해 기차로 이동 중이었다. 커피를 마시며 발표 자료를 점검하던 중 에릭슨은 그의 부인과 이런 이야기를 나누었다.

"고작해야 70세 후반이었던 인간의 수명이 80세를 훌쩍 넘어가고 있어. 맙소사, 인간의 발달단계는 8단계 노년기가 끝이 아니라 더 확장되어야 해. 왜 이걸 지금에서야 깨달았을까?"

에릭슨의 표정이 한순간 멍해졌다. 그의 이야기를 듣던 아내 조앤이 고개를 끄덕였다.

"맞아요, 우리도 90세가 머지 않았고, 자아통합을 넘어선 그 다음 단계가 분명히 있어요. 더 많은 사람들이, 아니 대부분의 사람이 노년기 이후의 삶을 살게 될 거예요."

동의하는 아내의 말에 확신을 얻은 에릭슨은 급히 노트에 무언가를 쓰기 시작했다.
"그럼… 어디서부터 시작해야 하지?"
에릭슨의 목소리는 살짝 떨렸고, 펜을 쥔 손도 마찬가지였다.

조앤은 에릭슨의 손을 잡으며 이렇게 말했다.
"자, 숨을 한번 쉬어요. 일단 발표를 마치고 돌아오면서 이야기해요. 다행히 우리에겐 시간이 있고, 더 다행스러운 건 이미 우리가 후기 노년기의 삶을 살고 있다는 거예요. 우리의 이야기를 쓰면 되니까요"

두 사람의 대화를 지켜보는 상상을 하며, 나는 그 순간이 참 아름답다는 생각을 했다. 80세가 훌쩍 넘은 에릭슨의 눈은 반짝거렸고, 아내의 손길은 한없이 따뜻했을 것이다.

그렇게 기차 안에서 시작된 부부의 연구는 점차 탄력을 받아, 마침내 노년기 다음 단계인 '후기노년기'의 개념이 정립되었다. 1994년 93세의 나이로 에릭슨은 사망했으나 부부의 마지막 연구는 아내에 의해 마무리가 되었다. 부부의 역작 「Life cycle completed: Extended Version」은 아내인 조앤 에릭슨의 이름으로 1997년 세상에 출간되었다. 그리고 같은 해, 부부의 마지막 과업을 완성한 아내는 96세의 나이로 생을 마감했다.

후기노년기의 인간은 일상의 곤경을 맞이한다. 그동안 그런대로 잘 수행하던 일상의 일들이 힘들게 다가오고, 어떤 날은 다리를 들어 올리는 것조차 힘들게 된다. 신체기능이 하루하루가 다르게 약화되는 후기노년기의 삶에 절망은 당연한 듯이 다가오게 된다. 신뢰감부터 시작하여 하나씩 성취했던 여덟 단계의 심리사회적 과업들은 기억과 회상 속에 존재하고 이제는 그 단계들의 위기를 경험하게 된다. 불신과 수치심, 죄책감과 열등감, 정체성의 혼란과 고립 그리고 침체와 절망까지 후기노년기의 삶에서는 불안을 상대하게 된다. 마치 해 질 녘 갑자기 커지는 그림자처럼 말이다. 어쩔 수 없이 약해진 몸을 불신하게 되고 갑작스러운 당혹감을 느끼는 것이다.

그러나 절망스럽더라도 이전 단계의 성취했던 과업들을 회상하고 새롭게 점검하는 과정에서 어느 순간 완성과 지혜를 깨닫게 되고 마지막 과업인 초월과 영성으로 나아갈 수 있다. 마치 높은 산 꼭대기에서 산 아래를 바라보는 것처럼 자신의 인생 전체를 천천히 조망하게 된다, 보고 듣고 느끼는 일상의 삶이 아직까지 계속된다면 이는 더할 나위 없는 축복이다.

인생의 마지막 단계는, 다음 세대를 위한 지혜의 문을 여는 시기이며, '받는 존재'로 태어난 인간이 '주는 존재'로 완성되는 시기이다. 이제는 필요한 것이 없고 다음 세대를 위해 완성된 지혜를 나누어 주는 일이 남았다.

에릭슨이 강조한 인간의 삶은 전체가 성장의 과정이다. 우리를 둘러싸고 있는 태초의 빛과 소리, 냄새 그리고 촉감은 인간을 성장시키고 완성되도록 돕는다. 드디어 맞게 된 후기노년기에서 우리가 에릭슨의 말처럼, "전 생애의 모든 부족을 수용하는 기적을 경험한다면" 우리의 과거와 현재 그리고 미래는 다음 세대로 전달될 것이다.

스스로가 그러한 삶을 살고 마침내 생을 마쳤던 에릭슨과 그의 아내에게 존경의 마음을 가득 담아 감사의 인사를 드린다.

가족에게도 규칙이 필요한가요?

버지니아 사티어는 가족치료의 어머니라고 불리는 상담가예요.

다양한 이력을 가진 그녀는 교사로 재직하던 젊은 시절 중요한 경험을

하게 돼요.

학교생활에 적응하기 어려워하는 학생들을 돕던 그녀는, 학부모들에게

격려와 지지를 제공할 때 학생들이 훨씬 잘 적응한다는 사실을 알게 된

거죠. 이후 정신건강 분야의 전문가로 일하면서 "가족을 치료할 수 있다

면 세계를 치료할 수 있다."라는 신념을 가지게 되었어요.

가족이 개인의 삶에 얼마나 큰 영향을 끼치는지를 발견한 그녀는 개인이

심리적인 어려움을 가질 때 가족에 대한 치료가 병행되면 훨씬 더 효과

적으로 개선된다고 보고 가족치료를 다양한 분야로 확장했습니다.

성숙한 삶을 향한 과정은 개인뿐 아니라 가족과도 연결되어 있습니다.

사티어의 이론을 기반으로 만들어진 검사지를 통해서 가족규칙을 점검

해 보면, 객관적으로 내 가족의 모습을 살펴볼 수 있어요.

다음 문항을 읽고 내 가족에게 해당하는 칸에 표시하세요.

1. 모든 가족 행사에 참여해야 한다.

□ 전혀 아니다(0점)	□ 아니다(1점)	□ 보통이다(2점)	□ 그렇다(3점)	□ 매우 그렇다(4점)

2. 한번 약속하면, 그 약속은 지켜야 한다.

□ 전혀 아니다(0점)	□ 아니다(1점)	□ 보통이다(2점)	□ 그렇다(3점)	□ 매우 그렇다(4점)

3. 항상 성실하고 최선을 다해야 한다.

□ 전혀 아니다(0점)	□ 아니다(1점)	□ 보통이다(2점)	□ 그렇다(3점)	□ 매우 그렇다(4점)

4. 사치는 나쁘기 때문에 검소해야 한다.

□ 전혀 아니다(0점)	□ 아니다(1점)	□ 보통이다(2점)	□ 그렇다(3점)	□ 매우 그렇다(4점)

5. 근검절약하여 미래를 위해 준비해야 한다.

□ 전혀 아니다(0점)	□ 아니다(1점)	□ 보통이다(2점)	□ 그렇다(3점)	□ 매우 그렇다(4점)

6. 성(性)에 대해 말하거나 알려고 해서는 안 된다.

□ 전혀 아니다(0점)	□ 아니다(1점)	□ 보통이다(2점)	□ 그렇다(3점)	□ 매우 그렇다(4점)

7. 남자는 말을 아껴야 한다.

| □ 전혀 아니다(0점) | □ 아니다(1점) | □ 보통이다(2점) | □ 그렇다(3점) | □ 매우 그렇다(4점) |

8. 여자는 목소리가 커서는 안 된다.

| □ 전혀 아니다(0점) | □ 아니다(1점) | □ 보통이다(2점) | □ 그렇다(3점) | □ 매우 그렇다(4점) |

9. 여자는 남자의 의견에 반대해서는 안 된다.

| □ 전혀 아니다(0점) | □ 아니다(1점) | □ 보통이다(2점) | □ 그렇다(3점) | □ 매우 그렇다(4점) |

10. 집안일은 여자의 몫이다.

| □ 전혀 아니다(0점) | □ 아니다(1점) | □ 보통이다(2점) | □ 그렇다(3점) | □ 매우 그렇다(4점) |

11. 자녀 양육은 엄마가 책임져야 한다.

| □ 전혀 아니다(0점) | □ 아니다(1점) | □ 보통이다(2점) | □ 그렇다(3점) | □ 매우 그렇다(4점) |

12. 장남과 장녀는 장남과 장녀 노릇을 해야 한다.

| □ 전혀 아니다(0점) | □ 아니다(1점) | □ 보통이다(2점) | □ 그렇다(3점) | □ 매우 그렇다(4점) |

13. 어른의 잘못을 지적하거나 불평을 해서는 안 된다.

| □ 전혀 아니다(0점) | □ 아니다(1점) | □ 보통이다(2점) | □ 그렇다(3점) | □ 매우 그렇다(4점) |

14. 아랫사람은 윗사람에게 복종해야 한다.

□ 전혀 아니다(0점)	□ 아니다(1점)	□ 보통이다(2점)	□ 그렇다(3점)	□ 매우 그렇다(4점)

15. 어른에게 말대꾸해서는 안 된다.

□ 전혀 아니다(0점)	□ 아니다(1점)	□ 보통이다(2점)	□ 그렇다(3점)	□ 매우 그렇다(4점)

16. 말을 많이 해서는 안 된다.

□ 전혀 아니다(0점)	□ 아니다(1점)	□ 보통이다(2점)	□ 그렇다(3점)	□ 매우 그렇다(4점)

17. 남에게 싫은 말을 해서는 안 된다.

□ 전혀 아니다(0점)	□ 아니다(1점)	□ 보통이다(2점)	□ 그렇다(3점)	□ 매우 그렇다(4점)

18. 원하는 것을 요구하기보다 해줄 때까지 기다린다.

□ 전혀 아니다(0점)	□ 아니다(1점)	□ 보통이다(2점)	□ 그렇다(3점)	□ 매우 그렇다(4점)

19. 남의 흉을 봐서는 안 된다.

□ 전혀 아니다(0점)	□ 아니다(1점)	□ 보통이다(2점)	□ 그렇다(3점)	□ 매우 그렇다(4점)

20. 감정, 특히 부정적인 감정을 표현해서는 안 된다.

□ 전혀 아니다(0점)	□ 아니다(1점)	□ 보통이다(2점)	□ 그렇다(3점)	□ 매우 그렇다(4점)

21. 집안일을 밖에서 말하면 안 된다.

□ 전혀 아니다(0점)	□ 아니다(1점)	□ 보통이다(2점)	□ 그렇다(3점)	□ 매우 그렇다(4점)

22. 식구들 사이에 갈등이 있어서는 안 된다.

□ 전혀 아니다(0점)	□ 아니다(1점)	□ 보통이다(2점)	□ 그렇다(3점)	□ 매우 그렇다(4점)

23. 형제끼리 싸워서는 안 된다.

□ 전혀 아니다(0점)	□ 아니다(1점)	□ 보통이다(2점)	□ 그렇다(3점)	□ 매우 그렇다(4점)

24. 자기 자랑을 해서는 안 된다.

□ 전혀 아니다(0점)	□ 아니다(1점)	□ 보통이다(2점)	□ 그렇다(3점)	□ 매우 그렇다(4점)

25. 실수해서는 안 된다.

□ 전혀 아니다(0점)	□ 아니다(1점)	□ 보통이다(2점)	□ 그렇다(3점)	□ 매우 그렇다(4점)

26. 가문에 먹칠을 해서는 안 된다.

□ 전혀 아니다(0점)	□ 아니다(1점)	□ 보통이다(2점)	□ 그렇다(3점)	□ 매우 그렇다(4점)

27. 잘못하면 반드시 벌을 받아야 한다.

□ 전혀 아니다(0점)	□ 아니다(1점)	□ 보통이다(2점)	□ 그렇다(3점)	□ 매우 그렇다(4점)

28. 부모에게 반드시 효를 행해야 한다.

□ 전혀 아니다(0점)	□ 아니다(1점)	□ 보통이다(2점)	□ 그렇다(3점)	□ 매우 그렇다(4점)

29. 남자는 울어서는 안 된다.

□ 전혀 아니다(0점)	□ 아니다(1점)	□ 보통이다(2점)	□ 그렇다(3점)	□ 매우 그렇다(4점)

30. 어른에게 걱정을 끼쳐서는 안 된다.

☐ 전혀 아니다(0점)	☐ 아니다(1점)	☐ 보통이다(2점)	☐ 그렇다(3점)	☐ 매우 그렇다(4점)

31. 부모의 판단이 가장 옳기 때문에 부모의 의견에 따라야만 한다.

☐ 전혀 아니다(0점)	☐ 아니다(1점)	☐ 보통이다(2점)	☐ 그렇다(3점)	☐ 매우 그렇다(4점)

32. 부모 마음이 불편하면 자식이 풀어 드려야 한다.

☐ 전혀 아니다(0점)	☐ 아니다(1점)	☐ 보통이다(2점)	☐ 그렇다(3점)	☐ 매우 그렇다(4점)

33. 거짓말을 해서는 안 된다.

☐ 전혀 아니다(0점)	☐ 아니다(1점)	☐ 보통이다(2점)	☐ 그렇다(3점)	☐ 매우 그렇다(4점)

내 합계 점수 _____ 점

그렇다(매우 그렇다)에 체크한 항목 개수 _____ 점

(출처: 정문자(2007), 사티어 경험적 가족치료, 학지사)

검사하면서 알아채셨겠지만 각 항목은 모두 '해야 한다'는 표현으로 되어 있습니다.

합계점수가 높을수록, 그렇다에 체크한 항목이 많을수록 규칙을 조정할 필요가 있습니다. 80점 이상의 점수가 나왔다면 가족규칙을 지키는데 어려움이 있을 거예요.

가족 내에서 '반드시' 해야 하는 게 많다는 건 융통성이 없고 경직되어 있다고 볼 수 있어요. 이런 가족의 분위기는 자녀가 정서적으로 건강하게 성장하는 것을 방해할 뿐만 가족 관계에서도 갈등을 만들어냅니다. 어딘가에 적혀 있지 않더라도 이런 규칙의 존재는 경험적으로 알 수 있죠.

물론 규칙은 필요해요. 하지만 과도한 규칙으로 인해 가족 안의 개인이 어려움을 겪는다면 이는 가족 전체에 부정적인 영향을 주게 됩니다. 부모라면 이런 규칙들이 있는지 점검해 보는 게 보고 적절히 수정하는 게 좋습니다.

특히 자녀가 성장해서 따로 살고 있다면 가급적 원 가족의 규칙에서 자유로워지도록 도와주는 게 필요해요.

가족 규칙을 유연하게 바꾸는 방법을 알려드릴게요.

첫 번째, '해야만 한다'라는 말을 '할 수 있다'로 바꾸어 말해 보세요. 예를 들면 '아랫사람은 윗사람에게 복종해야 한다'를 이렇게 바꾸어 말해 보는 거예요.

- 아랫사람은 윗사람에게 복종할 수 있다.

조금 편안하게 느껴지지 않으세요?

하나 더 해볼게요.

– 어른에게 걱정을 끼칠 수 있다.

두 번째, 문장 앞에 "가끔"이라는 말을 넣어서 선택의 폭을 넓혀주는 거예요. 예를 들면 부모 마음이 불편하면 자식이 풀어드려야 한다는 규칙을 바꾸어 볼게요.

– 부모 마음이 불편하면 가끔 자식이 풀어드려야 한다.

이렇게 바꾸고 나니 한결 부담이 적어지죠?

두 가지 조언을 혼합해서 사용해도 됩니다.

– 부모 마음이 불편하면 가끔 자식이 풀어 드릴 수 있다.

각 문항에 있는 규칙뿐 아니라 우리 가족 안에 있는 규칙들을 점검해 보고, 기회가 된다면 가족들과 함께 이야기 나누어 보세요.

5개 정도의 규칙을 새로운 말로 바꾸어 보면 훨씬 편안하게 느껴질 거예요.

그리고 이런 이야기를 나눌 때는 집 이외의 장소를 택하시길 권해요.
음악도 흐르고 풍경도 근사한 카페라면 좋겠어요. 집안에서 이야기할 때
보다는 객관적으로 가족을 볼 수 있고 말투도 조금 조심하게 되거든요.

가족 규칙 중 하나를 바꾸어 말해 볼까요?

ex) 우리 가족은 가끔 실수할 수 있다.

Erik Homburger Erikson

에릭슨이 보내는
우리 모두의 삶에 대한 격려

두어 달을 꼬박 새벽에 일어났다. 5시에 눈을 떠서 10분 만에 후다닥 챙겨서 글을 쓰는 공간으로 나섰다. 낮에는 일상의 삶이 있으니 새벽 외에는 집중할 수 있는 시간이 없었기 때문이다.

링거도 두 번이나 맞았고, 체력은 고갈되기 직전이었지만 신기하리만치 마음은 기뻤다. 에릭슨의 깊은 지혜와 통찰을 나의 경험을 빗대어 풀어내는 일은, 단순한 글쓰기를 넘어 학문의 거장인 에릭슨에 대한 존경의 마음이며 성인기라는 나의 발달단계에 대한 점검이기도 했다. 그리고 그동안 만난 수많은 내담자가 내어 준 삶의 이야기에 대한 고마움이었다.

자신의 의지와는 상관없이 우리는 태어난다. 삶을 선물이라고 하는 사람도 있고, 뭐가 선물이야 하고 말할 만큼 고단한 이도 적지 않다. 공통적인 것은 바닷가에 끊임없이 파도가 치는 것처럼 여러 가지 문제는 항상 우리를 향해 밀려온다는 것이다. 아이들은 아이들대로, 어른들은 또 그들만의 고민으로 힘겨워한다. 이렇게 사는 게 맞는 건지 속 시원히 말해주는 이가 있으면 좋겠다는 생각이 든다.

에릭슨도 그러했다. 1902년 유대인 가정에서 나고 자랐지만 사실 그의 친부는 덴마크 인이었고, 폐쇄적인 유대인 집단에서 파란 눈에 금발인 그의 외모는 인정받지 못했다. 자신이 누구인지에 대한 끊임 없는 탐구는 정신분석에 대한 관심으로 이어졌고 여러 경력을 거쳐서 그는 하버드 대학에서 미국의 첫 번째 소아정신분석가가 되었다. 에릭슨의 원래 이름은 에릭 홈부르거(Erik Homburger)였는데, 예일대학 교수로 옮겨 간 뒤 자신의 성을 에릭슨이라고 직접 만들었다. Erik 과 son을 합쳐진, '에릭의 아들'이라고 지은 Erikson이라는 이름에서 정체성에 대한 그의 고뇌를 엿볼 수 있다. 그 후 에릭슨은 프로이트의 정신분석이론을 자신만의 방식으로 체화시켜서 방대한 전 생애 심리발달이론을 정립하였다.

그의 학문적인 열정 덕분에 우리는 노년기까지의 생애에 대한 목적지와 나침반을 얻게 되었다. 죽기 전 마지막 순간까지 후기 노년기 발달과업에 대해 추가가 이어졌는데, 이는 수고롭게 살아온 모두의 삶에 대한 노학자의 마지막 격려가 아닐까 싶다.

다양한 시도와 경험들로 빈 지도를 채워 나가는 건 우리의 몫이지만 방향을 알면 올바르게 갈 수 있다. 유아기부터 시작된 인간의 발달단계가 청년기와 성인기를 거쳐서 모든 것을 수용하는 노년기의 지혜와 영성을 얻을 수 있다면 전 생애를 통해 완성되는 삶이 얼마나 의미가 있을까.